Die ganze Nacht hatte es heftig geschneit. Das war ungewöhnlich um diese Zeit, Anfang November. Und noch immer fiel zur Freude meiner Kinder dichter Schnee hernieder. Während Bastian und seine Schwester Bastienne gleich nach dem Mittagessen mit ihrem Schlitten losgezogen waren, um auf den Hängen im Ilmpark zu rodeln, hatten Lilli und ich es uns gemütlich gemacht. Das Feuer im Kamin knisterte. Es war wohlig warm. Lilli kam mit Kaffee und Kuchen aus der Küche. Es duftete verführerisch.

Da klingelte das Telefon. „Nein!“, stöhnte ich. „Es ist Sonntag, Leute!“

Hans Brandt rief an. Er hatte Bereitschaft. „Tut mir leid, Chef. Drei Tote im alten Forsthaus. Die Meldung kam eben rein.“

Lilli sah es mir an. „Du musst weg.“

Ich nickte.

„Dann nimm wenigstens ein Stück Kuchen mit auf den Weg. Und warte, Ekke, ich fülle etwas Kaffee in die kleine Thermoskanne.“

Hans war noch in der Leitung. „Soll ich Elke benachrichtigen?“

„Ruf Astrid an und bring sie mit. Ich hole Elke für die Spurensicherung und den Doc. Wir treffen uns am alten Forsthaus. Ich weiß, wo das ist.“

„Die wohnen doch an den entgegengesetzten Enden von Weimar“, wunderte sich Hans.

Ich lachte. „Ach, Hans, hast du es immer noch nicht mitgekriegt?"

Gnatterig antwortete er: „Mir erzählt doch keiner was! Unser Doc und Elke Otto?"

„Ich erzähl's dir nachher." Dann legte ich auf. Mit Lillis Kuchen und dem Kaffee in der Thermoskanne stieg ich ins Auto, fuhr aus der Garage und prüfte durch vorsichtiges Bremsen die Glätte der Straße. Die Räumfahrzeuge waren noch nicht durch die Helmholtzstraße gekommen. Hoffentlich ist der Waldweg zum alten Forsthaus nicht unpassierbar mit dem Pkw.

Unser Gerichtsmediziner Gregor Pause war überrascht, als ich klingelte. „Drei tote Männer im alten Forsthaus. Nimm dein Köfferchen mit, Doc."

„Elke ist zufällig hier", hielt er für erforderlich, die Anwesenheit meiner Kollegin zu erklären. „Sie hat mir ein Buch zurückgebracht, das ich ihr geliehen hatte."

„Na, so ein Zufall!", sagte ich in der Art von Karl Valentin.

Der Arzt konnte mit der Anspielung nichts anfangen, weil er den Sketch nicht kannte, aber er reagierte scheinbar verschnupft. „Verscheißern kann ich mich alleine." Aber er lachte. Es schien ihm ganz recht zu sein, dass ich wusste, was die beiden bisher nicht öffentlich gemacht hatten.

Obwohl es noch immer schneite, waren die größeren Straßen in der Stadt relativ gut befahrbar. Kurz vor uns mussten Räumfahrzeuge die Belvederer Allee vom Schnee befreit und gestreut haben. Aber als ich die Hauptstraße verließ, um den Weg zum alten Forsthaus zu nehmen, war von Winterdienst weit und breit nichts mehr zu sehen. Ich steuerte den Wagen vorsichtig über den Waldweg. Man weiß nie, was unter dem Schnee verborgen liegt. Die Forstfahrzeuge hatten oft tiefe Furchen hinterlassen.

„Ist das nicht herrlich, diese Winterlandschaft?", sagte Elke, die mit Gregor Pause im Fond saß. Aber für romantische Empfindungen hatte ich zurzeit wenig Sinn. Wenn ich zu Fuß durch den Belvederer Forst unterwegs gewesen wäre, würde ich das vermutlich auch sagen. Ich war froh, dass die Scheibenwischer es schafften, die Frontscheibe freizuschaufeln. Die Scheibenheizung sorgte für freie Sicht nach hinten. Für die reizvolle Winterlandschaft war kein Platz in meinem Kopf. Aus den Andeutungen von Hans reimte ich mir zusammen, was uns vor Ort erwarten würde. Drei tote Männer. „Ist eben alles relativ", erwiderte ich auf Elkes Begeisterung.

Im Rückspiegel sah ich, dass sich uns ein Auto näherte, das, unsere Spur nutzend, weniger vorsichtig fahren musste. „Hans und Astrid sind hinter uns. Ob sie sich auch ein Buch ausgeliehen hatte?" Ich grinste.

„Knallkopf!", kommentierte Pause meine Anspielung. „Elke hatte wirklich ein Buch bei mir ausgeliehen."

„Und wenn nicht?", sagte Elke spitz. „Das geht dich doch einen feuchten Kehricht an, Chef."

Das war ziemlich kess. Immerhin bin ich ihr Vorgesetzter. Aber ich schluckte. Es ging mich wirklich einen feuchten Kehricht an, ob die beiden etwas miteinander hatten oder nicht. Im Grunde genommen freute es mich sogar. Sie hatten jeder ein gehöriges Päckchen zu tragen. Das macht sich gemeinsam leichter.

Ich war froh, dass wir das alte Forsthaus trotz des verschneiten Waldwegs ohne Zwischenfall erreichten. Die leicht gereizte Stimmung verflog schnell angesichts dessen, was wir vor Ort sehen mussten.

Als wir aus dem Wagen stiegen, erhob sich der Förster von einem stabilen Stuhl, der auf der dem Haus vorgebauten Veranda stand. „Zeisig", stellte er sich vor. Da erreichten auch Hans und Astrid den Vorplatz.

„Ponte, Hauptkommissar!", stellte ich mich vor und zeigte ihm meinen Ausweis. Dann drehte ich mich in Richtung meiner beiden Mitfahrer um. „Frau Doktor Otto, Kriminaloberkommissarin und Doktor Pause, Gerichtsmediziner."

Zeisig nickte beiden zu. „Große Besetzung", sagte er, als Hans und Astrid ebenfalls die Veranda betraten, um gleich deutlich ernster zu werden: „Drei Tote auf einmal. Muss ich da noch einmal rein?"

Das verneinte ich. Er könne auf der Veranda warten. Wir müssten ihn natürlich noch befragen. Da nahm er wieder Platz auf dem massiven Scherenstuhl, holte seine kurze Pfeife aus der Tasche und zündete den Tabak an. Es roch irgendwie nach Pflaume.

Bereits die Wände im Vorraum waren mit Jagdtrophäen geschmückt: Geweihe, Gehörne, gegerbte Tierhäute. An der Decke hing ein zum Leuchter umfunktioniertes Geweih mit breiten Schaufeln. Je zwei kleinere Lampen rechts und links an den Wänden vervollständigten die jagdliche Atmosphäre. Zahlreiche Bilder mit Jagdszenen schmückten den Raum.

Die Tür zum Hauptraum in der unteren Etage bestand zur Hälfte aus dicken, farblich gefassten Kassettenfenstern. Ich streifte mir die Handschuhe über und zog, wie meine Kollegen auch, die blauen Füßlinge über die schneenassen Schuhe. Dann öffnete ich die Tür.

„Oh Gott!“, sagte Elke, die hinter mir stand. Der Anblick war tatsächlich erschütternd. Zwei Männer lagen mit schmerzverzerrten Gesichtern und verrenkten Gliedern mit dem Oberkörper auf einem mächtigen Eichentisch, ein dritter gar am Boden neben einem umgestürzten Stuhl. Die Szene hatte etwas Gespenstisches, denn die drei Männer waren offensichtlich nicht nur eines sehr schmerzhaften Todes gestorben, sie waren auch nur noch zum Teil bekleidet. Der am Boden liegende hatte lediglich einen Slip an. Unter dem Tisch entdeckten wir drei Halbmasken, die sie sich offensichtlich im Todeskampf vom Gesicht gerissen hatten: ein Schwein, ein Wolf, ein Stier.

Auf dem Tisch standen vier große Teller mit jagdlichen Motiven, von denen vorher gegessen worden war. Auf einer Schale lagen noch zwei Scheiben Fleisch, Reh vermutlich. Die Soße in der Sauciere, die Kartoffeln und der Rotkohl in zwei großen Schüsseln hätten noch für eine weitere Mahlzeit gereicht. Alles war kalt. Seit dem Mittag waren einige Stunden vergangen.

In der Mitte des Tisches entdeckte ich eine Likörflasche, noch zu zwei Drittel gefüllt. Neben den Tellern standen vier Likörgläser.

„Wieso vier?", fragte Astrid.

Das war mir auch sofort aufgefallen. Eingedeckt für vier Personen, aber nur drei tote Männer.

„Der Förster?", fragte Hans zweifelnd, um sich gleich zu korrigieren. „Kaum. Er hätte genug Zeit gehabt, das vierte Gedeck und das Likörglas zu entfernen."

Elke nahm sich das eine Glas und hielt es gegen das grelle Deckenlicht. „Lippenstift", stellte sie fest. „Der vierte Mann war eine Frau." Und mit Blick auf die drei nur noch mäßig bekleideten Männer fügte sie hinzu: „Pfänderspiel. Schraps hat den Hut verloren oder so. Bei jeder falschen Antwort muss ein

Kleidungsstück ausgezogen werden. Ziemlich albern für erwachsene Leute, wenn ihr mich fragt. Die Frau könnte der Schraps gewesen sein."

„Frau Schraps", präzisierte ich. Es war leicht zu erraten, um welchen Preis hier gespielt wurde. Elke fiel auf, dass sich unter den unordentlich herumliegenden, wie mutwillig weggeworfenen Kleidungsstücken nichts fand, das einer Frau zugeordnet werden konnte. „Ist schon merkwürdig", stellte sie fest. Von einer vierten Maske war ebenfalls keine Spur.

„Wonach riecht das?", fragte Astrid. Auch mir war der leicht süßliche Geruch aufgefallen, der so gar nicht in das große Jagdzimmer zu passen schien.

„Zyankali", konstatierte Elke, die als promovierte Chemikerin eine feine Nase hat. „Es verätzt den Magen, was zu höllischen Schmerzen führt. Der Todeskampf dauert zehn bis fünfzehn Minuten."

„Die Magensäure wandelt Kaliumzyanid in Blausäure", erklärte Pause. „Die roten Blutkörperchen können keinen Sauerstoff mehr transportieren. Da ist nichts mehr zu machen. Der Vorgang ist irreversibel. Da hilft auch kein Auspumpen des Magens mehr oder kein Verabreichen von Antidoton. Grausamer, sehr schmerzhafter Tod. Nicht zu empfehlen", setzte er in seiner sarkastischen Art hinzu.

„Das Zeug kriegt man nicht im Tante-Emma-Laden von nebenan", stellte Hans sachlich fest. „Wer kommt an Zyankali? Apotheker? Ärzte?"

Astrid folgte seiner Überlegung, bezweifelte aber, dass jemand, der die grässliche Wirkung des Giftes kennt, sich damit umbringt. Dritte ja, aber sich selbst?

„Wer hat noch Zugang zu dem Gift?“, fragte ich in die Runde.

„Goldschmiede“, antwortete Elke. „Oder im industriellen Bereich Beschäftigte zur Goldgewinnung. Zum Beispiel in einer Cyanidlaugerei. In galvanischen Bädern oder überhaupt in der organischen Synthesechemie. Jedenfalls nichts mit Tante Emma. Da muss man schon eine amtliche Berechtigung und eine spezielle Ausbildung nachweisen sowie einen Giftschein haben.“

Mir fiel noch Rattengift ein, aus dem Zyanid extrahiert werden kann. Das sei ein aufwendiges Verfahren, erklärte Elke. Und um Rattengift in einer Likörflasche aufzulösen, würden andere Produkte gleichzeitig ausgefällt.

„Nach dem Ende des Zweiten Weltkriegs“, erinnerte sich Hans gelesen zu haben, „gab es regelrechte Selbstmordwellen mit Zyankali. Und zwar nicht nur in den oberen Nazikreisen. Huber“, fiel ihm der Name des Verfassers wieder ein. „Es gibt eine Dokumentation von einem gewissen Huber, in der er von der kleinen vorpommerschen Stadt Demmin berichtet. Von den 15.000 Einwohnern und Flüchtlingen haben sich ungefähr 1.000 aus Verzweiflung und Ausweglosigkeit mit Zyankali umgebracht. Darunter waren erschreckend viele Frauen, die bei den Exzessen der völlig entmenschten Soldateska vergewaltigt worden waren. Krieg macht roh, auch der gerechteste. Wer nicht in die nahegelegenen Sümpfe und Moore ging, hängte sich auf, erschoss sich oder vergiftete sich und seine Kinder.

Ich blickte auf die drei Toten. War es vielleicht doch ein kollektiver Selbstmord? Welchen Grund konnten die Männer gehabt haben? Aber nein, jedenfalls nicht mit diesem Gift.

Wir standen auf der Schwelle der weit geöffneten doppelflügeligen Tür und versuchten uns zunächst einen Gesamteindruck des Raumes zu verschaffen. Er war gut vierzig Quadratmeter groß. Die beiden Fenster auf der rechten und ebenso die auf der linken Seite waren durch hölzerne Läden verschlossen. Der hohe, über zwei Etagen reichende Raum wurde von der Deckenlampe und den vier Wandleuchten erhellt, die ähnlich wie die im Vorraum aus Damwildschaufeln und Hirschgeweihen gefertigt waren. Im hinteren Teil des Raumes befand sich eine brusthohe Abtrennung in der Art eines Tresens, offensichtlich die Küche. Eine breite, gewundene Treppe führte in die obere Etage. Von einer umlaufenden Galerie konnte man in die oberen Zimmer, die Schlafräume gelangen. Starke Eichensäulen stützten die Galerie.

„Sollen wir hier Wurzeln schlagen?“, fragte Pause und ging mit seinem Koffer zum Tisch, um eine erste Untersuchung an den Leichen vorzunehmen.

Elke bat darum, dass wir nicht alle Spuren beschädigen oder gar vernichten sollten, indem wir in Kompaniestärke, wie sie sich ausdrückte, einfallen. Stattdessen forderte sie Verstärkung durch die Spurensicherer an. „Das gibt eine Menge Arbeit“, konstatierte sie. „Das ganze Haus wimmelt von Spuren aller Art. Allein schaffe ich das nicht.“

Mich beschäftigte vor allem die Frage, wo sich die vierte Person befinden könnte, die Frau, die mit am Tisch gesessen haben musste.

Ich bat Astrid, gemeinsam mit mir den Förster zu befragen, der die drei Männer gefunden hatte, um einen ersten Ansatz zur Aufklärung der Ereignisse zu bekommen. Noch wussten wir gar nichts. War es Mord? War es kollektiver Selbstmord? War es ein tragischer Unfall?

„Wo willst du ihn befragen?“, erkundigte sich Astrid. „Auf der Veranda ist es viel zu kalt. Außerdem schneit es.“

„Ihr seid doch mit dem Transporter gekommen“, schlug ich vor. „Der ist beheizbar. Elke hat schon recht: Wenn wir hier alle durchmarschieren, zerstören wir unnötig die Spurenlage.“

war, wieder zurück in die Schachtel steckte. Das ist einer, der nichts umkommen lässt, dachte ich. Vielleicht sammelt er die abgebrannten Hölzer, um mit ihnen ein kleines Feuer zu entfachen.

„Ist ja nicht im Wald." Nach dem ersten Zug aus seiner Pfeife und dem mit Genuss ausgeatmeten Rauch schüttelte er den Kopf. „Eigentlich nicht." Das bezog sich auf meine Frage, ob er die Männer gekannt hatte. „Den Apotheker. Aber gekannt ist übertrieben. Meistens hat er sich den Schlüssel bei meiner Frau geholt. Ich war auch so gut wie nie hier draußen. Die Leute bezahlen im Voraus, bleiben ein, zwei Tage, manchmal auch länger. Was die hier draußen machen, geht mich nichts an."

„Was glauben Sie denn, was die hier machen?", kam mir Astrid mit ihrer Frage zuvor.

Er blies die nächste Rauchwolke aus. „Geht mich nichts an. Ist privat."

Es wird gegessen, es wird getrunken. Vielleicht sogar viel getrunken.

„Waren auch manchmal Frauen mit im Forsthaus?", erkundigte ich mich. Seine unausgesprochene Andeutung konnte außer essen und trinken mehr bedeutet haben, vor allem dann, wenn eine oder vielleicht auch mehrere Frauen dabei waren.

„Davon weiß ich nichts."

Allmählich ärgerte mich seine Verschlossenheit. Der weiß doch mehr! „Herr Zeisig, mit vagen Andeutungen und deutlich erkennbarem Verschweigen kann ich nicht viel anfangen. Sie wissen mehr, als Sie zu sagen bereit sind. Ich muss Sie doch nicht darauf aufmerksam machen, dass wir nicht vom Fremdenverkehrsamt sind. Sie selbst haben uns angerufen und gesagt, dass im Forsthaus drei Männer liegen. Ermordet, haben Sie gesagt. Wie kamen Sie denn auf die Idee, dass es sich um Mord handelt?" Meine Tonlage wurde etwas nachdrücklicher.

„Es sind doch drei", erwiderte er, als hätte er den eigentlichen Sinn meiner Frage nicht verstanden.

„Ermordet, haben Sie gesagt. Wieso Mord?"

Er sah überrascht auf und blickte Astrid verunsichert an, die die Frage noch einmal gestellt hatte.

Er sei am Nachmittag zum alten Forsthaus gefahren, um nachzusehen, ob alles in Ordnung ist und ob der Apotheker mit seinen Freunden auch den Strom abgeschaltet und das Haus wieder richtig verschlossen hätte. So ein Haus, mitten im Wald, da muss man schon ein wachsames Auge darauf haben. Es treibt sich allerhand merkwürdiges Volk herum. Er wolle ja nichts sagen von wegen Zigeuner und so, aber das habe es früher nicht gegeben.

„Beim Kaiser, meinen Sie?" Ich konnte mir die Bemerkung nicht verkneifen.

Das war ihm aber zu viel des Spotts. „Hören Sie mal, Herr Hauptkommissar, ich muss Ihnen sicherlich nicht erzählen, dass Einbruchsdelikte inzwischen dermaßen zugenommen haben, als stünden die Ganoven im sozialistischen Wettbewerb? Und wie viel davon werden von der Polizei erwischt? Na also! Vertrauen ist gut, Kontrolle ist besser. Hat der alte Lenin schon gesagt."

Eigentlich war mir die Umkehrung des Satzes lieber, aber darüber und über Lenin und über den sozialistischen Wettbewerb der Ganoven wollte ich mit dem Förster nicht diskutieren.

„Sie sind also zum alten Forsthaus gefahren?", setzte ich die Befragung fort.

„Bin ich."

„Wann?"

Das müsse kurz vor vier Uhr gewesen sein. Er habe mit seiner Frau noch Kaffee getrunken. Dann ist er in seinen Landrover gestiegen. Der sei sehr gut geeignet für diese Wege, zumal wenn sie verschneit sind. Trotzdem habe er etwas länger gebraucht als normal. Zwanzig Minuten, schätze er. Das Auto des Apothekers sei nicht mehr da gewesen, auch kein anderes.

„Wieso das Auto des Apothekers?", erkundigte ich mich mit Nachdruck. „Es könnte ja auch einer der anderen gefahren sein. Oder vielleicht ist jeder mit seinem Wagen gekommen."

Er musste einen Moment nachdenken. „Ja, weil ich nur den Apotheker kenne. Der ist mit seinem Auto öfter im Forstamt gewesen, um den Schlüssel abzuholen. Ist das wichtig?"

„Weiß ich noch nicht", antwortete ich. „Mich wundert nur, dass Sie ganz selbstverständlich vom Auto des Apothekers reden, als hätten Sie gesehen, wie er mit den anderen hierher gefahren ist."

Er dachte nach. Überlegte er eine schlüssige Erklärung oder grübelte er nur, wie er zu dieser Aussage gekommen war? Doch dann fuhr er in seiner Schilderung fort. Es war niemand mehr da. Der Schlüssel lag wie vereinbart in dem Kästchen. Er habe das Haus aufgeschlossen und schon im Vorraum einen merkwürdigen Geruch wahrgenommen, sich aber nichts weiter dabei gedacht. „Und dann sah ich es. Wissen Sie, man ist ja einiges gewohnt. Schon von der Jagd her. Aber was ich da zu sehen bekam, nein, das wünsche ich keinem erblicken zu müssen. Sie lagen ja nicht einfach so da, als ob sie schlafen. Diese Gesichter! Wie Fratzen aus einem Horrorfilm. Die werden mich noch lange verfolgen."

Wir konnten uns beide sehr wohl vorstellen, dass der Anblick der drei grässlich anzusehenden Toten einem heftig auf den Magen schlagen muss, zumal dann, wenn auf die unterschiedlichste Weise zu Tode gekommene Menschen nicht zum Berufsalltag gehörten. Nicht unbedingt hier in der Provinz, aber ich hatte mehrere Jahre in der Berliner Mordkommission gearbeitet, bevor ich wieder in meine alte Heimatstadt Weimar zurückgezogen bin. Berlin ist eine lebendige Stadt, doch manchmal geht es auch ziemlich heftig zur Sache, wenn irgendwelche Banden aneinandergeraten. Die sind dann nicht zimperlich. Ich will ja nicht sagen, dass ich mich an den Anblick von Leichen gewöhnt hätte – das wäre schlimm. Aber für jemanden, der solche Erlebnisse bisher nicht oder kaum hatte, ist der Anblick eines toten Menschen gewiss eine belastende Begegnung. Und die Entdeckung, die Förster Zeisig in dem Haus, in dem er mit seiner Familie über Jahre gewohnt hat, gemacht hatte, muss ihm auf den Magen geschlagen sein. Das erklärte seine zögerliche Sprechweise.

„Sie sind also ins Haus getreten. Schon im Vorraum war dieser merkwürdige Geruch. Dann haben Sie die Tür zum großen Raum geöffnet", versuchte Astrid die Abfolge zu rekonstruieren.

„Nein, zuerst habe ich den Strom im Vorraum wieder eingeschaltet. Im Haus war es dunkel. Die Fensterläden sind geschlossen gewesen", präzisierte Zeisig. Versehentlich hatte er den Schalter für das große Licht des Leuchters gedrückt. Das grelle Licht habe ihn für einen Moment geblendet. „Und dann sah ich es." Er schluckte. Die Erinnerung an das kurz vorher Erlebte drückte ihm noch immer den Hals zu.

Mir fiel der Kaffee ein, den mir Lilli mitgegeben hatte. Ich bot ihm an, die Thermoskanne aus meinem Wagen zu holen. Aber er bedankte sich.

„Geht schon", sagte er. „Ich bin Teetrinker. Hab's mit dem Magen. Anna hat da so eine Kräutermischung." Anna war bestimmt seine Frau. Er lächelte in Gedanken an sie. „Sie ist so eine Kräuterhexe, wissen Sie."

Aber dicke Pfeifen rauchen, dachte ich. „Sie haben das Licht eingeschaltet, versehentlich den großen Leuchter angemacht. Das helle Licht hat Sie für einen Moment geblendet. Aber dann entdeckten Sie die drei Menschen. Und die sahen nicht aus, als hätten sie nur zu tief ins Glas geguckt und wären eben mal am Tisch eingeschlafen. Oder?"

Er überlegte einen Augenblick. „Ja, was habe ich gedacht?" Da fiel es ihm wieder ein. „Ist das nicht verrückt? Ich habe gedacht: Wo ist denn der vierte Mann? Es standen schließlich vier Teller und vier Gläser auf dem Tisch. Und die Flasche. Erst dann fiel mir auf, dass mit den Leuten etwas nicht stimmt. Der Apotheker lag neben einem umgefallenen Stuhl. Sein Gesicht war völlig entstellt. Der Mund weit aufgerissen, als wolle er schreien. Aber es kam kein Laut heraus. Und die Augen, oh Gott, die Augen! Mit welchem Bild ist der von der Welt gegangen."

Ich registrierte, dass er von einem vierten Mann sprach. Er wusste also nicht, dass es sich dabei um eine Frau gehandelt haben muss.

„Das ist wirklich seltsam", fand Astrid. „Sie betreten einen Raum, in dem sich drei Tote mit verrenkten Gliedmaßen und angstverzerrten Gesichtern befinden, und Sie suchen nach der vierten Person, weil Sie die Likörgläser und die Teller gezählt haben?"

„Sag ich doch. Verrückt, oder?" Er blickte nicht Astrid an, sondern mich, als ob ich ihm beipflichten müsste.

„War denn zu dem Zeitpunkt, als Sie den Raum betraten, eine vierte Person im Haus, Herr Zeisig?", fragte ich.

Das wisse er nicht. Er habe sich nicht getraut, weiter in den Raum hineinzugehen oder gar das Haus nach einer vierten Person abzusuchen. „Vielleicht ist er nach oben gegangen? Oben sind die Schlafzimmer und die Bäder."

Ich war mir sicher, dass mich Hans sofort informiert hätte, wenn noch eine vierte Person im Haus gefunden worden wäre. „Sie haben also nichts in dem Raum angefasst oder zum Beispiel einen umgefallenen Gegenstand aufgehoben?", wollte ich wissen.

„Na, das weiß man doch. Nichts anfassen, nichts aufheben, keine Spuren verwischen oder selbst welche machen", erwiderte er. „Ich war schon viel zu unvorsichtig gewesen", entschuldigte er sich dafür, überhaupt in den Raum hineingegangen zu sein. Nein, er habe noch das grelle Deckenlicht ausgeknipst, als könnte das die Bilder verschwinden lassen. Die Tür? Ja, die hätte er leise geschlossen. „Komisch“, meinte er nachdenklich und mehr für sich, als für uns gedacht. „Als wollte ich die Toten nicht wecken. Man macht solche Sachen. Das kann man hinterher keinem erklären.“

Seine Schilderung passte nicht recht zu dem, was Elke sofort aufgefallen war, dass nämlich jemand ohne Rücksicht in dem Zimmer herumgetrampelt sein musste und vorhandene Spuren unbrauchbar gemacht hatte.

Nach der Polizei telefoniert habe er dann von seinem Auto aus, sagte Zeisig, weil er das Handy auf dem Armaturenbrett habe liegen lassen. Und gewartet. Dreißig Minuten, eine geschlagene halbe Stunde. Ins Haus sei er nicht mehr gegangen. „Die Bilder wird man nicht mehr los“, sagte er. „Mir kam es vor wie drei Stunden.“

Wenn das ein Vorwurf sein sollte, war er unberechtigt. Bei dem Wetter konnten wir gar nicht schneller sein.

Zwei Wagen der Spurensicherung, die Elke angefordert hatte, fuhren auf den Vorplatz. Ich stieg kurz aus und wies die Kollegen ein. Dann kehrte ich zu Astrid und Zeisig zurück.

„Herr Zeisig, die Kollegen von der Spurensicherung und unser Arzt sind jetzt im Haus. Das wird eine Zeit dauern, bis sie ihre Arbeit gemacht haben“, sagte ich, um dann noch einmal auf die drei Toten zurückzukommen. „Sie kannten nur den Apotheker?"

„Nur den."

„Und wer die vierte Person sein könnte oder wo die sich jetzt aufhält, wissen Sie nicht?"

Er schüttelte den Kopf. „Keine Ahnung. Ist das der Mörder?"

Solange die Untersuchungen an den Toten und die Spurensicherung im Haus nicht abgeschlossen sind, erklärte ich dem Förster, werden wir keine Festlegungen treffen, ob es sich um Mord, kollektiven Selbstmord oder um einen tragischen Unfall handelt. „Wir ermitteln in alle Richtungen, Herr Zeisig. Im Übrigen bitte ich Sie, uns zu weiteren Befragungen zur Verfügung zu stehen. Das Protokoll können Sie morgen bei uns unterzeichnen. Wir müssten auch noch mit Ihrer Frau sprechen."

„Was hat Anna mit der Sache zu tun?" Er hob erstaunt den Kopf.

„Sie gibt den Schlüssel für das Forsthaus an die Kundschaft heraus. Sie sagen ja selbst, dass sie mehr mit den Leuten zu tun hat, die das Haus nutzen wollen. Vielleicht kann sie uns weiterhelfen, die anderen Personen zu identifizieren. Und vielleicht kennt sie die vierte."

„Wieso die?", fragte er erstaunt. „Sie meinen, es war eine Frau?"

„Die vierte Person, Herr Zeisig. War es eine Frau?“, erkundigte sich Astrid, als ob sie es nicht längst wüsste.

„Ich weiß es doch nicht, Frau Korn. Ich weiß es wirklich nicht.“ Er wandte sich an mich. „Darf ich jetzt gehen? Meine Frau wartet. Die weiß doch gar nicht, wo ich bin. Ich habe ihr nichts gesagt, als ich weggefahren bin. Die macht sich bestimmt Sorgen. Macht sie sich immer. Ist halt so.“

Ich registrierte, dass er vorher noch gesagt hatte, dass er wegen des schlechten Wetters statt seiner Frau ins Forsthaus gefahren sei und sie folglich wissen müsste, wo sich ihr Mann aufhielt. Aber diese Unstimmigkeit konnte auch seiner Verwirrung geschuldet sein. Man findet ja wirklich nicht alle Tage drei Tote, noch dazu in diesem grässlichen Zustand. Jedoch – es war ein Widerspruch in den Aussagen des Försters.

Die Befragung war zunächst abgeschlossen, daher gab ich seinem Wunsch nach. Neue Erkenntnisse mussten erst durch uns und die Spurensicherung gewonnen werden. Damit erhob sich der Förster und verließ das Auto. Er musste sich bücken, um nicht mit dem Kopf anzustoßen. Erst als er vor dem Wagen stand, fiel mir auf, dass er fast zwei Meter groß sein müsste.

„Der braucht keinen Hochstand.“ Es war ein müder Witz. Ich sah ihn zu seinem Auto gehen, das er notdürftig vom Schnee befreite, bevor er einstieg, ohne sich noch einmal umzusehen. Wie alt mag er sein, fragte ich mich. Sechzig? Ich hatte vergessen, im Ausweis auf das Geburtsdatum zu sehen. Vielleicht auch jünger. Er ist viel an der frischen Luft, bei Wind und Wetter. Das bringt der Beruf mit sich. Wahrscheinlich war er zehn Jahre jünger.

Hans Brandt, der aus dem Haus kommend unser kurzes Gespräch mitgehört hatte, fragte mich: „Warum ruft er denn seine Frau nicht an? Er hat doch ein Handy."

Ich zuckte mit den Schultern. „Er sagt, er habe es versucht, sie aber nicht erreicht. Das lässt sich nachprüfen. Vielleicht ist sie gar nicht daheim gewesen, sondern irgendwo unterwegs."

Die Erklärung schien ihn nicht zu befriedigen. „So ein Gerät hat man nicht, um es irgendwo zu Hause im Bad liegenzulassen, wenn man ausgeht."

„Kann sein, kann aber auch nicht sein", murmelte ich. Das Handy der Förstersfrau interessierte mich im Moment weniger. Astrid verzog das Gesicht. „Glaubst du ihm?"

„Wieso?", fragte ich. „Meinst du, er war der vierte Mann in der Runde?"

Sie schließe es nicht aus, sagte sie. „Um deinen Kalauer zu bemühen: Kann sein, kann aber auch nicht sein. Nein", ging sie auf meine Frage ein. „Aber vielleicht der fünfte. Wer sagt denn, dass es nur vier waren?"

Die Kälte kroch mich an. Alle Spuren vor dem Haus, die uns hätten etwas erzählen können, lagen unter einer etwa zehn Zentimeter dicken Schneedecke, und immer noch tanzten die weißen Flocken vom Himmel herab. Selbst unsere beiden Wagen, mit denen wir zum Forsthaus gekommen waren, trugen bereits ein dichtes Winterkleid. Die Spuren der Räder waren nur noch zu erahnen. Es sah aus, als stünden die Autos wie von Zauberhand dorthin gesetzt. Stille. Kein weißer Nebel wunderbar, der aus den Wiesen steiget. Der Wald steht schwarz und schweiget.

„Hoffentlich müssen wir hier nicht übernachten", sagte ich zu Astrid.

„Na, bloß nicht!" Sie stieg aus dem Auto und blickte auf ihre Stiefel, die kaum noch im hohen Schnee zu erkennen waren. „Es könnte direkt gemütlich hier draußen sein, wenn man nicht wüsste, dass ein Verbrechen geschehen ist."

„The Mousetrap", sagte ich.

„Wieso Mausefalle?"

„Ist ein Kriminalstück von Agatha Christie. Da ist eine Gesellschaft in einem abgelegenen Haus durch heftigen Schneefall eingeschlossen. Zu später Stunde gesellt sich noch Sergeant Trotter hinzu, der einen Mordfall aufzuklären hat. Das Wetter verschlechtert sich zusehends. Die Straßen sind nicht mehr passierbar. Die Telefonleitung ist tot. Ein Gast nach dem anderen gerät in Verdacht, der gesuchte Mörder zu sein. Und es gibt weitere Tote."

„Du kannst einen so richtig schön aufbauen, Chef. Reichen dir die drei da drinnen nicht?", protestierte Astrid lachend.

Ich ging nicht weiter auf die Mausefalle ein und bat Hans, eine Hundertschaft der Bereitschaftspolizei und eine Hundestaffel anzufordern.

Er sah mich unwillig an. „In einer halben Stunde ist es hier so finster wie in einem Hühnerarsch. Was sollen die denn finden?"

„Erstens einen Kriminalhauptkommissar, der seinem Vorgesetzten so eine blöde Fragen stellt, und zweitens eine Frau, die vielleicht noch die Kraft hatte, das Haus zu verlassen, aber dann an den Folgen des Giftes irgendwo in der Nähe zusammengebrochen ist und gerettet werden könnte, wenn sie rechtzeitig gefunden würde!"

Hans zog den Kopf ein. So einen Anpfiff hatte er schon lange nicht mehr von mir erlebt. Er trat ein paar Schritte zur Seite, wählte eine Nummer auf seinem Handy und tat, wozu ich ihn aufgefordert hatte.

„Musste das sein?", fragte Astrid.

„Du nicht auch noch!", herrschte ich sie an.

Als sich mein Ärger etwas gelegt hatte, gingen wir gemeinsam zum Forsthaus zurück, um zu erfahren, was die Kollegen inzwischen herausgefunden hatten. Hans machte einen mürrischen Eindruck. „Keine Papiere, nicht einmal ein Anglerausweis oder dergleichen. Nix Handy. Selbstmord oder gar Unfall können wir wahrscheinlich ausschließen."

Ich mag solche voreiligen Festlegungen nicht und ich hatte ihm seinen Widerspruch auch noch nicht ganz verziehen. „Wir ermitteln in alle Richtungen, Hans. Den Apotheker kennen wir bereits durch Herrn Zeisig. Das ist doch schon mal eine Spur. Wann kommen die Kollegen von der Bereitschaft?"

„Sie sind schon auf dem Weg. Entschuldige", sagte er dünn, ohne mich direkt anzusehen.

„Akzeptiert. Wir sind vielleicht alle ein bisschen überreizt. Ist ja wirklich kein besonders schöner Anblick da drin." Damit kam ich auf unsere eigentliche Arbeit zurück. „Gibt es Hinweise auf die vierte Person, die mit am Tisch gesessen hat?"

„Es war zweifelsfrei eine Frau", berichtete Elke.

„Allerdings ist diese Frau wie von Zauberhand verschwunden. Als wäre sie gar nicht hier gewesen. Außer den Lippenstiftspuren am Glas sind keine Hinweise auf eine vierte Person zu erkennen", konstatierte Astrid.

Ich erinnerte mich an Zeisigs überraschende Frage, wieso ich von einer Frau gesprochen hatte.

War es wirklich nur ein Missverständnis gewesen? Noch wusste ich nicht, was ich von ihm zu halten hatte. Es gab Widersprüche in seinen Aussagen und Erklärungen. Hatte er etwas zu verbergen oder war es nur die Folge der Verwirrung angesichts des Verbrechens, das hier geschehen sein musste? Ich tat mich schwer mit der Vorstellung, dass der Mann irgendwie in die Vorgänge involviert war. Ich traute ihm einen Mord, noch dazu einen dreifachen, eigentlich nicht zu. Aber ich wusste auch, dass ich schon manche Überraschung erlebt hatte. Man kann in keinen Menschen hineinsehen.

„In allen vier Gläsern und in der Flasche befindet sich das gleiche Gebräu", meldete sich Gregor Pause zu Wort. „Elke wird es im Labor noch genau untersuchen, aber ich gehe schon mal davon aus, dass KCN, also Kaliumzyanid, im Spiel war, vielleicht noch mit einer anderen Substanz vermischt. Bittermandel." Er wedelte sich mit der rechten Hand die Luft in Richtung Nase. „Der Geruch ist mir gleich aufgefallen. Hellrote Schleimhautblutung. Die Leute sind nicht verstorben, die sind krepiert. So bringt man Ratten um. Ein qualvoller Erstickungstod."

„Wenn man das Zeug riechen kann, muss man doch stutzig werden, sobald man das Glas an den Mund setzt. Oder?", fragte ich die Kollegen.

„Mandellikör", erklärte Elke. „Der überdeckt den eigenartigen Geruch."

Ich wollte wissen, wie hoch die Konzentration des verabreichten Giftes sein muss, um eine tödliche Wirkung herbeizuführen.

„Etwa 140 Milligramm Cyanid", sagte Pause. „Das überlebt keiner."

„Und wenn es weniger ist?", wollte ich wissen, denn mich beschäftigte noch immer das vierte Glas und vor allem die dazugehörige Person.

„Bei kleineren Mengen kann es zu neuralgischen Spätschäden kommen", dozierte Pause. „Vielleicht hilft Natriumthiosulfat als Gegenmittel zur Unterstützung der hepatischen Metabolisierung, dazu vielleicht 4-Dimethylaminophenol und Hydroxocobalamin." Das leichte Grinsen verriet mir, dass es ihm gefiel, mich mit seinen medizinischen Termini herauszufordern.

Ich tat ihm nicht den Gefallen, ihn um eine verdeutschte Erklärung zu bitten. Mir war allerdings auch nicht nach einem medizinischen Fachvortrag zumute. „Prüft bitte die Konzentration aller Gläser und stellt fest, ob es Unterschiede gibt."

„Das Zeug kam aus einer Flasche", sagte Elke. „Dann wird es auch in allen Gläsern identisch sein. Oder warum fragst du?"

„Prüft es einfach", betonte ich mit Nachdruck. „Ich habe schon Pferde *in* der Apotheke kotzen sehen."

Ich konnte zwar nicht genau sagen, warum ich auf diese Prüfung bestand, aber mein Beruf hat mich gelehrt, das Unmögliche zu denken. Wo ist die vierte Person? Vielleicht war sie von stabilerer körperlicher Konstitution. „Es gibt Amazonen", erklärte ich meine Frage. „Wie ist das Verhältnis von tödlicher Wirkung bei unterschiedlicher Körpergröße? Und – reagieren Männer wie Frauen gleichermaßen?", wollte ich von Pause wissen.

Der Arzt dachte nach. „Wenn ich mich recht erinnere, liegt die letale Wirkung bei oraler Aufnahme bei ziemlich genau 2,857 Milligramm pro Kilo Körpergewicht. Ah", begriff er, „du meinst, ein Hüne von zwei Metern und reichlich Speck auf den Rippen könnte besser wegkommen als ein Hänfling, dem man das Vaterunser durch die Rippen blasen kann?"

„Zum Beispiel."

„Ich würde es nicht darauf ankommen lassen. Todsicher geht so eine Spekulation in die Hose. Und selbst wenn man mit dem Leben davonkommt, dann nicht ohne einen irreparablen Schaden genommen zu haben." Pause schüttelte nachdrücklich den Kopf. „Es genügt ein wönziges Schlöckchen", imitierte er den Pauker aus der „Feuerzangenbowle". „Wer von dem Zeug getrunken hat, müsste schon ein Elefant sein, um zu überleben."

Elke war meinen Überlegungen gefolgt, meldete aber Zweifel an: „Der vierte Mann war eine Frau. Dann müsste es, um deiner Theorie zu folgen, eine

Riesin gewesen sein. Ich denke mal laut. Sie hat das Glas zwar an den Mund gesetzt, aber nur einen ganz kleinen Schluck genommen, weil sie wusste, was in der Flasche wirklich war. Sie wartete auf die Wirkung bei den anderen. Schon wenige Sekunden nach der Einnahme stürzt das erste Opfer mit einem Schrei zu Boden."

Pause widersprach. „Es gibt Fälle, da dauert es deutlich länger, bis die Sauerstoffzufuhr zum Gehirn unterbrochen wird. Zehn, auch zwanzig, dreißig Minuten, ja bis zu einer Stunde. Dabei ist das Opfer bei vollem Bewusstsein, aber nicht mehr reaktionsfähig, und weiß, dass Rettung nicht mehr möglich ist. Dieses Wissen und die fürchterlichen Krämpfe dazu ... Grausam!"

„Das sieht sehr nach einem Racheakt aus", deutete Hans die Worte des Arztes.

„Giftmord ist Weibersache", überlegte Elke laut.

Ich musste an die Geschichte ihrer einstigen Kollegin denken, die ihren Vergewaltiger, der sich Monate vorher an Elke vergriffen hatte, auf grausame Weise ins Jenseits befördert hatte, womit sie im Nachhinein auch Elke rächte, die vor Gericht dank der guten Beziehungen ihres gemeinsamen Chefs keinen Glauben gefunden hatte.

„Und dann hat sie den Toten alle Papiere abgenommen, auch die Handys und was sonst noch auf die Identität der Ermordeten hinweisen könnte. Sie hat alle Spuren, die sie verraten könnten, beseitigt, und sich erst dann vom Tatort entfernt."

Wenn die späteren Opfer mit zwei oder mehr Fahrzeugen das Forsthaus angesteuert hätten, ließe sich nicht erklären, wie die alle verschwunden sein sollten. Also wird es nur ein Auto gewesen sein, mit dem sie gekommen sind. Wessen Auto? Das des Mörders beziehungsweise der Mörderin oder das eines der Opfer? Und wer hat dieses Auto weggebracht? Der Mörder mit dem vierten Opfer im Kofferraum? Dann müsste es noch eine weitere Person geben. Oder die Frau, die mit am Tisch gesessen hat?

Wir konnten leider keine Reifenspuren mehr feststellen, weil der Schnee inzwischen alles zugedeckt hatte. Es stand kein fremdes Auto auf dem Hof, auch der Landrover des Försters nicht mehr. Und was ist das für eine Versammlung? Drei erwachsene Männer und eine Frau treffen sich übers Wochenende zum Pfänderspiel mit Striptease in einer abgelegenen Försterei. War das Pfänderspiel nur die Einleitung zu einer ganz anderen Art des – ich zögerte bei dem Wort, sprach es aber doch betont abwertend aus – Vergnügens?

„Entschuldige bitte, Elke", kam Pause auf ihre Überlegungen zurück, „aber da gehen die Pferde mit dir durch. Wer so einen Cocktail mixt, der weiß, welche Wirkung selbst geringe Mengen des Giftes haben. Das grenzt doch an Harakiri."

So abenteuerlich Elkes Theorie auch war – sie war nicht einfach von der Hand zu weisen. Mir sind schließlich ähnliche Überlegungen durch den Kopf gegangen. „Auf jeden Fall sollten wir uns bei den Kollegen von der Verkehrspolizei erkundigen, ob es einen Unfall oder einen besonderen Vorgang auf den Straßen zwischen Forsthaus und Stadt gegeben hat. Bei dem Wetter sind die verstärkt auf den Straßen unterwegs. Wann, meinst du, Gregor, muss der Tod bei den drei Männern eingetreten sein? Falls du dich zu diesem Zeitpunkt überhaupt schon äußern willst", baute ich seinem Protest vor, ihn zu einer vagen Angabe überreden zu wollen.

Er war, wie immer, sehr vorsichtig mit seiner Schätzung. „Unter Vorbehalt fünfzehn Uhr plus minus dreißig Minuten. Morgen genauer. Im Übrigen sollten wir die Leichen abtransportieren lassen. Es ist bald stockdunkel und es schneit immer dickere Flocken. Kennt einer von euch das Stück von der Agatha Christie, The Mousetrap?"

„Erzähl's mir morgen, Doc", sagte ich. Astrid musste ein Schmunzeln verbergen.

Die Kollegen von der Spusi waren noch immer dabei, alle möglichen Spuren akribisch aufzunehmen und zu dokumentieren. Unsere Arbeit vor Ort war vorerst getan. Außerdem wollte ich die Kollegen nicht behindern. Es gab aber noch etwas anderes zu tun. Ich bat Astrid, mich zur Bärenapotheke zu begleiten, um Zeisigs Aussage zu überprüfen.

Während der Fahrt in die Stadt kam ich auf die Überlegung zurück, dass wir nur gesehen hatten, was wir sehen konnten. „Und wenn es eine fünfte Person gab?"

„Möglich ist manches", erwiderte Astrid. Und nach einer Pause des Nachdenkens meinte sie: „Wir haben die Spuren am vierten Glas gesehen. Was ist denn, wenn die Frau gar nicht daraus getrunken hat, sondern die Sache nur inszeniert ist, um uns zu täuschen? Sie bringt die Männer aus welchen Gründen auch immer um. Sie delektiert sich geradezu daran. Als alles vorbei ist, nimmt sie ein leeres Glas, hinterlässt deutliche Spuren von Lippenstift daran, gießt etwas von dem Likör hinein und schüttet ihn weg oder wieder in die Flasche zurück. Was denkt die Polizei? Es muss noch ein viertes Opfer geben."

Eine gewagte Theorie. „Sokrates", sagte ich.

Astrid sah mich fragend an.

„Ich weiß, dass ich nichts weiß."

„Aha", kommentierte sie. „Wie gut, dass ich so einen gebildeten Chef habe."

Ich lachte. „Hast du gesagt, ‚so einen gebildeten' oder ‚so einen eingebildeten' Chef?"

Astrid protestierte entschieden. „So etwas würde ich mich nie trauen!"

Das Lachen tat uns gut nach den Ereignissen des späten Nachmittags. Ich kam auf ihre Theorie zurück. „Möglich ist manches. Aber dann hätten Elke und ihre Leute Spuren einer fünften Person finden müssen. Oder es war die Frau. Wie ist sie dann vom Forsthaus weggekommen?“

„Mit dem Auto des Apothekers?“, schlug Astrid mehr fragend als überzeugt vor.

Das schien mir zu riskant, denn falls sie wirklich damit gefahren ist, müsste sie es vor dem Haus des Apothekers oder gar in seiner Garage abgestellt haben. Und abgesehen von den Spuren, die sie dann auf dem Fahrersitz hätte unweigerlich hinterlassen haben müssen, bestünde die Gefahr, dabei entdeckt zu werden, sobald sie das Auto wo auch immer abstellte.

Wir beschlossen, uns umzusehen, ob und wo der Wagen geparkt war, sobald wir Marke und Kennzeichen wussten. Aber noch wussten wir nicht einmal, wo der Apotheker wohnte.

Die Bärenapotheke war geschlossen. Sonntag. Die Adresse der Inhaber konnten wir einem kleinen Messingschild entnehmen. Drs. pharm. Helga und Peter Schildheim, Asternweg. Da fuhren wir hin.

Im Erkerzimmer der unteren Etage brannte Licht, das durch die dichte Gardine schimmerte. Ich klingelte kurz. Keine Reaktion. Ich klingelte ein zweites

Mal. Nun gingen das Licht im Hausflur und die Außenbeleuchtung an. Wir standen da, als wollten wir singen „Draußen vom Walde, da kommen wir her". Es schneite noch immer. Und es war kalt.

Die Tür ging auf. Eine Frau in einem bequemen Hausanzug sah uns überrascht an. Ganz offensichtlich hatte sie nicht mit Besuch gerechnet.

„Ja?"

„Sind Sie Frau Doktor Schildheim, die Apothekerin?", fragte ich.

„Wer will das wissen?" Die Stimme klang wenig freundlich, eigentlich kalt und abweisend.

Ich stellte uns vor und wir zeigten beide unsere Dienstausweise. Die Frau begnügte sich nicht mit einem bloßen Hinblicken. Sie setzte ihre Lesebrille auf, die sie an einer dünnen goldenen Kette trug, verglich Bild und Original, um dann die Ausweise zurückzugeben. „Bereitschaft hat Wurzbacher am Frauenplan", erklärte sie abweisend und wollte schon wieder die Tür schließen.

„Wir wollen nichts aus der Apotheke, Frau Doktor Schildheim. Es geht um Ihren Mann."

„Der ist nicht da!"

Astrid fröstelte. „Das wissen wir. Dürfen wir für einen Moment hereinkommen?"

„Wenn es denn sein muss. Aber ziehen Sie Ihr Schuhwerk aus. Sie schleppen mir sonst den Schnee ins Haus."

Den Preis, die freundlichste Apothekerin Weimars zu sein, bekommt die Dame bestimmt nicht. Gehorsam legte ich meine hohen Schuhe und Astrid ihre Stiefel ab. Die Hausherrin machte keine Anstalten, uns ins Innere zu bitten. Wir standen auf den kalten Fliesen im Vorraum.

„Wir kommen vom alten Forsthaus", eröffnete ich unser Gespräch.

Sie nickte. Es schien sie nicht zu überraschen und noch weniger zu interessieren.

„Ihr Mann war dort", erklärte Astrid.

„Weiß ich."

Ich begriff, dass es nicht besonders sinnvoll sein würde, der Frau langsam und schonend beizubringen, was der Grund unseres Besuches ist. „Er ist tot, Frau Schildheim." Ich ließ die förmliche Anrede mit dem Titel weg. Das schien sie mehr zu irritieren als die eigentliche Nachricht.

„Aha", sagte sie. „Ist er dem Förster in die Flinte gelaufen?" Sie lachte sogar ein wenig über ihren Scherz, sofern man das Verziehen der Mundwinkel um drei Grad nach oben für Lachen halten konnte. Es sah aber eher verächtlich aus.

Ich weiß nicht, wie oft ich Hinterbliebenen eine Todesnachricht überbringen musste. Ein Dutzend Mal? Öfter? Es ist mir immer schwergefallen und es hat die unterschiedlichsten Reaktionen von Entsetzen, Verzweiflung oder Unglaube gegeben. Dass jemand einen Witz daraus machen könnte, wäre mir im Traum nicht eingefallen. Aber bei dieser Frau wunderte es mich nicht. Ihre Gefühlskälte hätte jedes Thermometer auf viele Minusgrade stürzen lassen.

Astrid glaubte wohl, die Frau habe uns nicht richtig verstanden. „Frau Doktor Schildheim, wir haben Ihren Mann im alten Forsthaus tot aufgefunden."

„Das habe ich schon verstanden, junge Frau. Muss ich jetzt in Tränen ausbrechen? Wissen Sie, wie egal mir das ist? Ja, eigentlich ist das sogar eine gute Nachricht. Bin ich den Scheißkerl endlich los. Spart mir die Anwaltskosten. Sonst noch was?"

Ich begriff, dass wir es mit der Mitteilung genug sein lassen konnten. „Sie müssten den Toten identifizieren. Wir rufen Sie morgen Vormittag an. Die Aussage des Försters genügt uns nicht. Es muss ein naher Verwandter sein."

„Dann fragen Sie am besten seinen Hund!"

Irgendwo ganz weit im Hinterkopf oder wo sonst solche Empfindungen ihren Sitz haben, meldete sich die Hoffnung, dass die Frau durch die Nachricht so völlig aus der Bahn geworfen wurde, dass sie dermaßen absurd reagierte. Aber dieser Gedanke war wohl eher dem Glauben an das Gute im Menschen geschuldet als einer gesunden Wahrnehmung. „Morgen Vormittag. Wir rufen Sie an."

„Ach so", fiel Astrid ein. „Sein Auto?"

„Garage“, lautete die knappe Antwort. „Er wurde abgeholt, vermute ich. Ich war nicht zuhause.“

Es war eigentlich alles gesagt. Trost oder Mitgefühl wäre bei der Dame vermutlich fehl am Platz. Sie zu fragen, wo sie zu der Zeit war, als ihr Mann ums Leben kam, hätte verlangt, dass wir die Stunde seines Todes genau wüssten. Das sollte uns Pause erklären. Am liebsten hätte ich umgehend eine Hausdurchsuchung und eine Visitation der Apotheke beantragt, denn wenn die Frau mit den Morden in Verbindung zu bringen wäre, könnte uns die Differenz im Giftschrank hilfreiche Aufschlüsse geben. Aber mir war schon klar, dass so eine Durchsuchung völlig überflüssig wäre. Falls die Frau Apothekerin die Morde begangen hatte oder in das Verbrechen involviert war, wäre sie schlau genug gewesen, mögliche Indizien zu beseitigen. Außerdem dürfte es sich bei dem verwendeten Zyankali um nur wenige Gramm gehandelt haben. Das Verschwinden dieser geringen Menge aus der Apotheke nachzuweisen, würde vermutlich sehr schwer sein. Angesichts der dünnen Argumente hätte ich auch gar keinen Durchsuchungsbeschluss bekommen.

Ich verabschiedete mich, ohne der Frau die Hand zu reichen. Auch Astrid nickte nur knapp. Da fragte Frau Schildheim völlig überraschend: „Wie ist er denn gestorben?“

Die Frage verblüffte mich, noch mehr aber die Tonlage. Hatte ich da ein leichtes Zittern in der Stimme gehört? Auch Astrid blickte überrascht auf. Sie sagte: „Wahrscheinlich Zyankali. Aber wir müssen das Ergebnis der medizinischen Untersuchung noch abwarten, Frau Schildheim."

„Warum hat er das getan?" Sie schüttelte ärgerlich den Kopf. „Es war doch längst alles entschieden. So ein Dummkopf." Da war die Kälte wieder in ihrem Gesicht und in ihrer Stimme. Nur für einen Moment war sie aus ihrer Rolle gefallen. Es hätte nichts gebracht, weitere Fragen an sie zu stellen.

„Bis morgen", sagte ich. „Wir rufen an oder schicken Ihnen einen Wagen."

Als wir unser Schuhwerk wieder angezogen hatten und bereits in der Tür standen, wiederholte die Frau den Satz noch einmal. „Es war doch längst alles entschieden."

Mein Auto hatte schon wieder einen dichten Schneemantel an. Während sich Astrid in den Wagen setzte, säuberte ich die Frontscheiben, das Heck und die Seitenfenster mit einem kleinen Besen, den ich immer im Kofferraum habe. Mir ging allerlei durch den Kopf. Ich versuchte, das Verhalten der Apothekerin zu begreifen, doch es gelang mir nicht. Immer wieder schoben sich die Bilder vom alten Forsthaus dazwischen. Herr Zeisig saß auf der Veranda. Frau Schildheim reichte ihm eine kleine

Ampulle und einen gut gefüllten Briefumschlag. Er grinste nur und steckte beides weg. Eine irre Sinnestäuschung. Oder?

Ich schüttelte mir den Schnee vom Mantel und setzte mich zu Astrid ins Auto. Offenbar hatte auch sie sich ihre Gedanken gemacht. Sie sagte: „Manche Leute führen keine Ehe. Sie führen einen Krieg." Ich ahnte, woran sie dabei dachte. Ihre Scheidung vor Jahren muss von bösem Streit begleitet gewesen sein. Hans hatte mir einige Andeutungen gemacht. An diese Erinnerungen wollte ich nicht rühren. Mord oder Selbstmord. Wo finden wir die vierte Person? Oder doch eine fünfte? Ich startete den Wagen und fuhr vorsichtig an. Die kleine Straße vor den Villen war noch nicht geräumt. Die Hauptstraßen hatten Vorrang. Der Wintereinbruch war trotz guter Vorbereitung der Straßenmeisterei zu plötzlich gekommen.

„Kennst du Lady Nancy Astor?", fragte Astrid.

Ich musste mich auf die Straße konzentrieren, also sah ich nicht zu ihr, sondern fragte geradeaus auf die Straße blickend: „Wer ist das?"

„War", erklärte sie mir. „Sie war eine der heftigsten Widersacherinnen von Winston Churchill. Bei einer ihrer vielen Auseinandersetzungen erklärte sie einmal, sie würde, wäre er ihr Mann, Gift in seinen Tee schütten. Worauf er schlagfertig erwidert haben soll: Wenn ich Ihr Ehemann wäre, Nancy, würde ich den Tee trinken."

Den kannte ich noch nicht und ich lachte herzhaft, bis ich den Sinn der Geschichte begriff. „Der Herr Apotheker hätte den Tee vielleicht freiwillig getrunken. Aber was ist mit den anderen?“ Darauf wusste Astrid keine Antwort. Ich allerdings auch nicht.

Es war spät geworden. Ich hatte Astrid noch nach Hause gebracht. Es war gar nicht so einfach, die ansteigende, von gut zehn Zentimeter hohem Schnee bedeckte Straße in Oberweimar zum Haus ihrer Eltern zu fahren, wo sie wohnte. Zurück nahm ich die Route Am Waldschlösschen, um zur B7 zu kommen, die rechts nach Jena führte und links direkt ins Zentrum von Weimar. Diese Straße war hoffentlich geräumt oder doch wenigstens gestreut. Das war sie vermutlich auch gewesen, doch der Schnee hatte alle Mühe schon wieder zunichte gemacht. Und es schneite noch immer.

Ich war schließlich froh, unbeschadet zu Hause anzukommen. Einige Fahrzeuge mussten in Höhe des Europäischen Jugendzentrums in der Jenaer Straße miteinander kollidiert sein. Die Kollegen von der Verkehrspolizei lotsten mich an der Unfallstelle vorbei.

Lilli hatte den Fußweg vor dem Haus sowie die Wege zum Haus und zur Garage geräumt. Ein Schneemann im Vorgarten erzählte mir, dass ihr die Kinder Gesellschaft geleistet hatten. Das Außenlicht der Garage brannte, auch das Hauslicht. Aufmerksame Gattin. Ich stellte den Wagen in der Garage ab, befreite ihn vorher noch notdürftig vom Schnee. Dann ging ich ums Haus herum, denn im vorderen Zimmer und in der Küche war es finster. Ich sah Lilli im Wintergarten auf dem Sofa sitzend, die Beine angezogen, ein Buch auf den Knien. Offensichtlich hatte sie mich nicht kommen hören. Da warf ich einen Schneeball ans Fenster. Sie schreckte auf. Das Buch fiel herab. Sie drohte mir, aber sie lachte dabei. Es war spät geworden.

Im Windfang klopfte ich mir den Schnee von den Schuhen, vom Mantel und von der Mütze. Lilli kam und begrüßte mich mit einem schnellen Kuss. „Rumtreiber! Ich habe dir eine Kleinigkeit fertig gemacht. Tee?“

„Oh, ja, ein heißer Tee wäre gut.“

„Soll ich dir etwas reintun?“

Sie meinte Zitrone. Lilli wusste nicht, woran ich denken musste. „Lieber nicht, Schatz.“

Ich nahm am Küchentisch auf der Bank Platz. Nur das kleine Licht der Abzugshaube brannte. Ich blickte aus dem Fenster des spärlich erleuchteten Zimmers auf die geräumten Wege vor dem Haus. „Das solltest du nicht tun, Lilli. Ist doch viel zu anstrengend.“

„Schneemann bauen ist nicht anstrengend. Ich habe den Kindern erlaubt, den Schnee von der Straße und zur Garage wegzuräumen."

Ich lachte. „Methode Tom Sawyer, was?"

Sie hatte ein paar Brote zurechtgemacht und zwei knackige Salzgurken aus eigener Produktion dazugelegt. Der Tee dampfte in der Tasse.

„Schmeckt prima!", lobte ich meine Frau, um dann die nicht ganz ernst gemeinte Frage zu stellen: „Sag mal, könntest du mich vergiften?"

Lilli lachte. „Na klar, mehrmals am Tag. Wenn du deine Socken im Zimmer liegenlässt, wenn du mit dreckigen Schuhen durchs Haus trampelst und wenn du die Kinder verprügelst." Aber sie sah, dass mir nicht nach Scherzen zumute war. „Schlimm?"

Ich erzählte ihr vom alten Forsthaus, von den drei toten Männern und der verschwundenen Frau, ohne zu sehr ins Detail zu gehen. Und ich erzählte ihr von der Apothekerin, die eher erleichtert als schockiert auf unsere Nachricht reagiert hatte. „Ich meine", sagte ich, „selbst eine kaputte Ehe rechtfertigt nicht solche Gefühlslosigkeit."

„Wisst ihr, wie ihr hinterher zumute war, als ihr gegangen seid?", fragte Lilli nachdenklich.

Vielleicht hat sie eine Flasche Sekt aufgemacht, wollte ich schon sagen, aber das hätte zu krass geklungen. Vielleicht sitzt sie jetzt in ihrem schönen leeren Haus und weint sich die Seele aus dem Leib.

Aber nein, ich sah das kalte, abweisende Gesicht und ich hörte sie mit einer fast geschäftsmäßigen Stimme sagen: Muss ich jetzt in Tränen ausbrechen? Nein, die Frau ist kalt wie Hundeschnauze. „Spart mir die Anwaltskosten."

„Sie ist Apothekerin", überlegte Lilli. „Zyankali kann kein Problem für sie sein. Meinst du das?"

Ich wiegelte ab. „Dann müsste sie als die vierte Person mit am Tisch gesessen haben. Das lässt sich nachprüfen. Ob sie aber die drei hingefahren hat und dann ohne sie wieder weggefahren ist, lässt sich kaum beweisen. Dafür hat der Schnee gesorgt. Außerdem befand sich auch im vierten Glas das Gift. Selbst wenn sie nur daran genippt hätte, müsste sie wenigstens leichte Spuren einer Vergiftung davongetragen haben. Wir werden sehen, was Elke und Gregor herausfinden. Wusstest du eigentlich, dass die beiden seit einiger Zeit sehr häufig Bücher austauschen, wie sie ihr Verhältnis uns gegenüber kaschieren?"

Da hellte sich Lillis Gesicht auf. „Endlich mal eine gute Nachricht von der Kriminalpolizei! Die beiden? Das freut mich vor allem für Gregor. Der drohte ja schon regelrecht zu versauern in seinem Institut. Und Elke gönne ich es von Herzen, nach allem, was sie durchgemacht hat."

Ich hatte Lilli erzählt, was Elke vor Jahren passiert ist und weshalb sie ihre aussichtsreiche Karriere am

Berliner Institut für Biochemie aufgegeben hat, um zur Kriminalpolizei zu gehen.

„Ich finde, die passen ganz gut zueinander, die beiden", drückte Lilli ihre Freude über die Neuigkeit aus. Doch gleich verfinsterte sich ihr Gesicht wieder. „Der Apotheker und seine Frau, nein, Ekke, so könnte ich nicht leben. Lass gewesen sein, was gewesen ist, aber sie müssen sich doch einmal geliebt haben. Warum heiratet man sonst?"

Ich blickte meiner Frau fest in die Augen. „Ich liebe dich, Lilli. So könnte ich wirklich nicht leben. Schon der kleinste Streit bereitet mir Magenschmerzen."

Sie lächelte dankbar. „Dann streite dich nicht mit mir, mein Schatz."

„Wieso ich? Du fängst doch immer damit an!" Danach musste ich mich aber lachend in Sicherheit bringen.

Punkt acht Uhr trafen wir uns an dem großen Tisch in meinem Zimmer. Der Einsatz des Suchtrupps musste Mitternacht ohne Ergebnis abgebrochen werden. Der noch immer dicht fallende Schnee behinderte die Arbeit der Kollegen stark. Selbst die Hunde konnten keine Spur aufnehmen. Ich hatte angeordnet, im Umkreis von etwa fünf Kilometern das Gebiet zu sichern; denn weiter, davon war ich überzeugt, hätte die Frau mit dem Gift im Körper nicht kommen können. Es war den Versuch wert, aber eigentlich hatte ich selbst nicht geglaubt, dass das etwas bringen würde. Hans machte keine anzügliche Bemerkung der Art, dass er es doch gleich gesagt hätte.

Elke hatte deutlich tiefe Augenringe. Wahrscheinlich war sie bis weit nach Mitternacht in ihrem Labor gewesen, um die im alten Forsthaus gefundenen Spuren zu sortieren und erst einmal grob auszuwerten. Bevor wir zum eigentlichen Thema kamen, berichtete ich, was Astrid und mir beim Überbringen der Nachricht an die Apothekerin widerfahren war. Hans und Elke konnten nur den Kopf schütteln. „Leute gibt es!“, lautete Hans’ Kommentar. Dann forderte ich Elke auf, das Ergebnis ihrer bisherigen Ermittlungen vorzutragen.

Es waren überall im Haus Fingerabdrücke und zahlreiche Nachweise unterschiedlicher DNA gefunden worden. Die der drei Toten herauszufiltern und zuzuordnen sei nicht das Problem gewesen. Auch die des Försters wird man ausschließen können, wenn entsprechendes Vergleichsmaterial vorliegt. Zeisig war zur Unterzeichnung des Protokolls im Laufe des Vormittags zu erwarten. Da könne man mit seinem Einverständnis Fingerabdrücke entnehmen. Problematisch sei jedoch, erklärte Elke, dass immer noch die beiden anderen Toten nicht identifiziert worden sind. Im gesamten Forsthaus haben sich weder Brieftasche, noch Ausweispapiere, kein

Handy und kein Autoschlüssel noch sonst ein Hinweis auf die Identität der beiden Opfer gefunden.

„Aber jetzt kommt es“, kündigte Elke an. „Weder an dem Glas, noch am Besteck oder dem Teller – nirgendwo, mit Ausnahme des Lippenstiftes waren Spuren der vierten Person nachzuweisen. Das lege den Verdacht nahe, dass sie alle Hinweise auf sich gründlich beseitigt hat. So etwas tut nur jemand, der seine Identität unsichtbar machen will, nämlich der, oder im konkreten Fall, die Mörderin.“

„Oder jemand will, dass wir glauben, eine Frau habe die drei Männer vergiftet, und hat alle Spuren, die auf sie hinweisen könnten, gründlich beseitigt“, gab Hans zu bedenken. Er machte wieder sein Hokuspokusgesicht, dass ich argwöhnte, er wüsste etwas, was uns bisher entgangen war, damit er sein Kaninchen aus dem Zylinder ziehen konnte.

Aber da schüttelte Elke entschieden den Kopf. „Der Lippenstift auf dem vierten Glas stammt von einer Frau, Hans. Niemand entfernt Fingerabdrücke und lässt so einen deutlichen Hinweis unberücksichtigt. Das kann ich mir noch nicht erklären.“

„Und wenn es doch eine weitere Person gegeben hat?“, fragte Astrid. „Jemand, der das Gift in die Flasche getan hat, um das Quartett aus Gründen, die wir noch nicht kennen, zu töten. Er lässt die drei Männer liegen, manipuliert das Glas und das Besteck der Frau, vergisst scheinbar – scheinbar, nicht anscheinend – den Lippenstift und bringt sie weg. Wir sollen denken, die Frau war es."

„Wer?", fragte ich in die Runde. „Wer könnte diese fünfte Person sein, die Zugang zum Haus hat und die das Umfeld gut genug kennt, um eine Leiche irgendwo im Wald zu verstecken? Der Schnee ist dabei ein willkommener Gehilfe. Was meint ihr?"

Keiner nannte einen Namen, alle nickten, weil sie begriffen, wen ich meinte. „Er kommt nachher, um das Protokoll der gestrigen Befragung zu unterschreiben."

„Was nicht die Aussage der Ehefrau überflüssig macht, denn die ist die Schlüsselverwalterin, erledigt die Abrechnung und bringt das Haus wieder in Ordnung für die nächsten Gäste. Wobei", fügte Astrid hinzu, „um diese Jahreszeit kaum mit Feriengästen, Seminaren, Weiterbildungen oder dergleichen gerechnet werden kann."

„Dann sollten wir uns vor allem auf die Dinge und Personen konzentrieren, über die gesicherte Erkenntnisse vorliegen. Wir kennen den Förster. Wir kennen den Apotheker", nahm ich die Gesprächsführung wieder auf. „Was ist mit dem Inhalt des vierten Glases, Elke?"

„Die Konzentration des Gifts in ihrem Glas ist identisch mit der in den drei anderen Gläsern und der Flasche. Die Frau muss also auf die gleiche grausame Weise umgekommen sein wie die Männer."

„Wenn sie davon getrunken hat“, meldete sich Astrid erneut zu Wort und betonte das Wenn.

„Leute!“, mischte sich Hans ein. „Was spekulieren wir? In diesem Stadium der Ermittlung kann das fatale Folgen haben, indem wir uns auf eine mögliche Täterschaft einschießen, ohne alle Spuren ausgewertet und alle Befragungen abgeschlossen zu haben. Oder liege ich da völlig falsch?“

„Spekulieren bringt uns natürlich nicht weiter. Ich halte mich an die Fakten. Und die sind bisher dürftig genug“, antwortete Elke.

„Wo Fakten fehlen, muss uns die Fantasie Brücken bauen, Kollegen. Wir müssen das Unmögliche denken, um das Mögliche finden zu können“, erklärte ich.

„Jetzt wird er philosophisch“, sagte Hans mit erkennbarem Spott zu den anderen.

Ich ging auf die unqualifizierte Bemerkung nicht ein. Ich hatte längst begriffen, dass man nicht über jedes Stöckchen springen muss, das einem Hans hinhält. Stattdessen fragte ich: „Was wissen wir? Vier Personen, drei Männer und eine Frau, treffen sich nach Aussagen des Försters Zeisig in regelmäßigen Abständen im alten Forsthaus, um dort gemeinsam ein Wochenende zu verbringen. Sie spielen Schraps hat den Hut verloren oder so etwas ähnliches, ein Pfänderspiel jedenfalls, und jeder muss nach einer falschen Antwort ein Kleidungsstück ablegen. Einer der drei Männer, der Apotheker Schildheim, hatte nur noch einen Slip an. Bei einem Pfänderspiel geht es häufig um einen Preis. Was bekommt der Sieger?“

Ich sah mich in der kleinen Runde um. Meine Kollegen waren meiner Überlegung gefolgt. „Der Lippenstift“, sagte Elke überzeugt. „Sie war der Preis.“ Man sah es ihrem Gesicht deutlich an, dass ihr die Vorstellung, was im alten Forsthaus geschehen sein musste oder geschehen sein könnte, Widerwillen erzeugte. Aber noch war alles graue Theorie. Die entscheidende Frage lautete: Wer hat das Gift in den Mandellikör gemischt? Eine der vier Personen? Oder doch eine fünfte Person? Wie soll das ungesehen geschehen, wenn alle am Tisch sitzen? Da wäre auch kollektiver Suizid nicht auszuschließen.

„Mitten im Spiel?“ Hans zweifelte. „Sie sitzen am Tisch, spielen Schraps hat den Hut verloren und vergiften sich ein bisschen? Ehe ich mich so sehr wundere, glaube ich es lieber nicht.“

Da außer den Spuren der vier Personen und denen des Försters noch mehr Fingerabdrücke von Elke und ihren Technikern gesichert werden konnten, war eine weitere, uns bis dahin nicht auszuschließende Person durchaus als Täter oder Täterin denkbar. Die Frau des Apothekers käme in Betracht, wenngleich wir dafür noch keine Belege hatten. Oder doch Förster Zeisig? Aber welches Motiv könnte der haben? Damit erschöpfte sich bereits der Kreis der infrage kommenden Personen. „Der Wald steht schwarz und schweiget", sagte ich mehr für mich als für die anderen bestimmt.

„Verstehe ich nicht", sagte Hans.

„Er ist doch unser wandelndes Zitatenlexikon, Hans. Matthias Claudius", erklärte Astrid.

Er gab sich mit der Bemerkung zufrieden, wenngleich ihm anzusehen war, dass er sich den Zusammenhang nicht erklären konnte. „Ja, ja, im Wald. Da sind nämlich die Räu-häu-ber."

„Vor allem aber", sagte ich, ohne auf Hans' Räu-häu-ber einzugehen, „müssen wir die Frau finden. Elke, kannst du uns dazu mehr sagen?"

„Ich habe natürlich die DNA des Lippenstifts durch den Rechner gejagt. Nichts. Nada. Nitschewo. Ich glaube auch nicht, dass es die Apothekerin war", schlussfolgerte Elke. „Die hätte, selbst wenn das Glas nachträglich manipuliert worden wäre, um uns zu suggerieren, dass die Frau am Tisch daraus getrunken hat, ihre Spuren beseitigt. Der Lippenstift ist bewusst an das Glas gebracht worden und soll uns in die Irre führen."

„Außerdem", folgte Hans nun wieder im normalen Ton ihren Überlegungen, „wissen wir noch immer nicht, wer die beiden anderen Männer sind. Welchen Grund sollte der Täter – oder meinetwegen auch die Täterin – haben, sämtliche Dokumente wie Personalausweis, Führerschein oder Chipkarten, sogar Schlüsselbunde und Autoschlüssel verschwinden zu lassen?"

„Vielleicht ging es ihm oder ihr gar nicht um die drei Männer, sondern darum auszuschließen, dass über sie eine Spur zu der Frau führen könnte", gab ich zu bedenken. „Wer wusste eigentlich noch von dem Wochenendtreffen im alten Forsthaus außer Frau Schildheim und Förster Zeisig?"

Wenn die beiden anderen Männer verheiratet waren, kamen auch ihre Ehefrauen oder Partner infrage. Ob die Frau mit dem Lippenstift, wie wir sie in Unkenntnis ihres Namens nannten, verheiratet war, konnte bezweifelt werden. Welcher Ehemann lässt zu, dass seine Frau mit drei älteren Herren, um es einmal nett zu formulieren, in ein abgeschiedenes Forsthaus fährt, um dort Schraps hat den Hut verloren zu spielen?

„Wer sagt uns denn, dass nicht einer der beiden ihr Ehemann oder – wie heißt das jetzt? – Lebensabschnittsgefährte ist?", gab Astrid zu bedenken.

Auch eine Möglichkeit. Plötzlich fiel mir ein: „Und was ist mit Frau Zeisig? Sie hat schließlich den Schlüssel herausgegeben. Ihr Mann ist am Sonntag lediglich hingefahren, um zu überprüfen, ob das Haus wieder ordentlich gesichert worden ist. Seine Frau wusste natürlich auch, wer sich übers Wochenende im Forsthaus einquartiert hat." Aber den Gedanken verwarf ich gleich wieder. „Nein. Dann hätte sie vor ihrem Mann und ohne dessen Wissen zum Forsthaus fahren müssen. Wir brauchen die Namen der beiden anderen Männer. Von Frau Schildheim haben wir sie nicht erfahren können. Oder wollte sie uns die nicht nennen? Liegen eigentlich schon irgendwelche Vermisstenmeldungen vor?"

Kopfschütteln allerseits.

„Hans, kümmerst du dich bitte darum? Vielleicht bringt uns das weiter."

Selten habe ich mit einem Fall zu tun gehabt, bei dem ich vor so vielen Fragen und Zweifeln stand wie bei diesem. Dabei war die Spurenlage relativ klar. Es fehlte aber der Punkt, von dem aus wir denken konnten. Dringend notwendig war, die Identität der beiden anderen Männer zu klären und ganz besonders die der Frau, denn noch fand ich keine schlüssigen Hinweis, warum ausgerechnet sie nicht mehr im Forsthaus gewesen ist, obwohl sie wie die drei Männer von dem vergifteten Likör getrunken haben dürfte. Oder hatte sie nicht von dem Gift getrunken, weil sie die Mörderin ist, aber es durch eine geschickte Manipulation so erscheinen lassen wollte, als sei auch sie ein Opfer, das aus bisher unerfindlichen Gründen vom Tatort entfernt wurde?

Das Telefon klingelte. Gregor Pause meldete sich. Ohne Anrede oder weitere Erklärungen sagte er:

„Zwischen 14 und 14.30 Uhr. Hoch konzentriert. Damit könnte man Elefanten umbringen. Bericht kommt. Oder hol ihn dir ab. Bringt ihr mir noch die Frau? Fragen? Dann bis nachher." Er legte auf. Ich hatte das Telefon laut gestellt.

„So ist er", kommentierte Elke lachend. „Bloß kein Wort zu viel. Aber präzise."

Damit hatten wir die Tatzeit. Die Frage aber, wann wir ihm die Frau bringen würden, konnten wir noch nicht beantworten. Wir wussten ja nicht einmal, wer sie ist.

„Gut", schloss ich die Besprechung ab. „Du hast bestimmt noch mit den Spuren zu tun, Elke. Astrid, kümmere dich bitte um Frau Schildheim. Sie muss ihren Mann identifizieren. Außerdem brauchen wir ihre Fingerabdrücke. Wenn du", wandte ich mich an Hans, „mit Frau Zeisig sprichst, erfahren wir vielleicht mehr über die beiden Männer und die Frau. Ich möchte den Förster befragen. Und am Nachmittag fahre ich noch einmal zum Forsthaus. Hans, kommst du mit?"

„Wenn du meinst?" Er schien Bedenken zu haben. „Es schneit noch immer. Zwar längst nicht mehr so heftig wie gestern Abend und die halbe Nacht hindurch, aber der Weg zum alten Forsthaus dürfte kaum geräumt worden sein."

Das leuchtete mir ein. „Ich kann ja Herrn Zeisig fragen, ob der Weg passierbar ist. Sonst fordere ich einen Panzer an", sagte ich. „Ich möchte mir ein vollständiges Bild vom Tatort machen. Besser als es gestern bei künstlichem Licht und in Anwesenheit der Toten möglich war. Fragen?"

Niemand fragte. Die Aufgaben waren klar verteilt. Ich entließ die Kollegen. In etwa einer halben Stunde sollte Förster Zeisig bei mir sein.

„Hans, hast du noch einen Moment Zeit?"

Er sah mich überrascht an. „Klar. Worum geht's?"

Als die Kollegen mein Zimmer verlassen hatten und Hans meiner Geste folgend noch einmal Platz nahm, sagte ich, vielleicht eine Spur heftiger, als es gemeint war: „Ich bin der Chef." Das Ich betont. „Hast du ein Problem damit?"

Er begriff, worauf meine Bemerkung zielte, aber er war wohl zu stur, um sich zu entschuldigen. „Hab' ich nicht. War's das?"

Ich nickte. Da erhob er sich und verließ das Zimmer. Sollte ich mich über Hans ärgern? Eigentlich nicht. Und uneigentlich schon gar nicht. Wenn er es auch nie zugeben würde – er ärgerte sich über seine unqualifizierten Bemerkungen am meisten. Zwar hatte er, als vor Jahren die Stelle des Leiters der Mordkommission neu besetzt werden musste, von vornherein gesagt, dass er dafür nicht zur Verfügung stünde. Zu dem Zeitpunkt war er noch nicht einmal gefragt worden. Aber als ihm dann dieser junge Schnösel aus Berlin vor die Nase gesetzt wurde, passte es ihm auch nicht. Zweifellos war Hans mir um einige Jahre Diensterfahrung und kriminalistisches Wissen voraus, doch dem standen seine oft vorschnellen Festlegungen auf eine bestimmte Spur gelegentlich im Wege. Bestätigungsfehler nennen das die Psychologen. Viele Menschen neigen dazu, die naheliegende Erklärung für die beste zu halten. Oft ist es aber nur die Erstbeste. Hans, der in vielen Fällen dank seiner langjährigen Erfahrung durchaus als fähiger Ermittler gelten durfte, erging es mitunter, wie es angesehenen Experten häufig ergeht: Sie werden irgendwann resistent gegenüber anderen Auffassungen. Der Rechthabermechanismus greift.

Hans hatte seinerzeit erklärt, nicht Chef werden zu wollen, wie ich von Astrid wusste. Und da es auch nicht dazu gekommen war, hatte er, seltsame Umkehrung des wirklichen Sachverhalts, ein Problem damit, es nicht zu sein. Mein lieber Hans, dachte ich, Chef zu sein ist auch nicht immer einfach.

Zeisig war soldatisch pünktlich, also fünf Minuten vor der Zeit. Er trug seine schmucke Uniform mit den beiden silberfarbenen Eicheln auf den Schulterklappen. Eine stattliche Erscheinung. Im Gegensatz zu gestern Nachmittag wirkte er bei seinem heutigen Besuch fast ein wenig wie ein großherzoglicher Amtsvorsteher. Manche Leute tragen ihre Uniform wie eine Ritterrüstung, als wollten sie gegnerische Angriffe abwehren oder um ihre Bedeutung zu demonstrieren. Jedenfalls machte er, im Gegensatz zu gestern Nachmittag, keinen nervösen Eindruck mehr. Offenbar hatte er den Schock überwunden. Schließlich findet man nicht jeden Tag drei Tote in dem Haus, das man einmal selbst bewohnt hatte, die Verstorbenen noch dazu in diesem Zustand.

„Herr Zeisig", begann ich unser Gespräch, „bevor wir das Protokoll abschließen können, habe ich noch ein paar Fragen. Es gibt einige Ungereimtheiten in Ihren Aussagen. Ich will das nicht überbetonen, denn ich kann mir gut vorstellen, dass Sie gestern ziemlich aufgeregt waren." Meine Absicht war es, Zeisig die Ungewissheit zu nehmen, ob es sich um eine einfache Befragung oder doch schon um ein Verhör handeln könne. Aber so harmlos, wie die Einleitung klingen sollte, war sie natürlich nicht gemeint. Mir ging wiederholt der Gedanke durch den Kopf: Er war es vermutlich nicht, aber er weiß etwas, was er uns nicht sagen will. Oder nicht sagen kann.

„Wir müssen noch Ihre Fingerabdrücke abnehmen, Herr Zeisig. Reine Routine", beschwichtigte ich ihn, weil ich sein Erstaunen sah. „Ausschlussverfahren, wenn Sie verstehen, was ich meine. Sie sind einverstanden?"

Das sei er natürlich, erwiderte er. Er wolle alles tun, um das furchtbare Geschehen aufklären zu helfen. Er sagte ausdrücklich „Geschehen“, nicht „Verbrechen“, was eine Deutung in verschiedene Richtungen erlaubte. Und um seine Bereitschaft zu bekunden, wirklich an der Aufklärung des Verbrechens mitzuwirken, sagte er: „Mir ist übrigens auf dem Weg hierher noch etwas eingefallen, Herr Ponte.“

Ich sah ihn fragend an.

„Als ich gestern zum alten Forsthaus gefahren bin“, erklärte er mir, „um zu prüfen, ob auch alles wieder seine Ordnung hat, kam mir ein Auto entgegen auf dem Weg, der zur Försterei beziehungsweise an ihr vorbei führt, und bog auf die 87 Richtung Buchfart über Hetschburg ab. Ich kam aus der entgegengesetzten Richtung von Bad Berka. Bei dem Schneetreiben konnte ich nicht viel erkennen. Es muss aber eine Frau am Steuer gesessen haben. Glaube ich jedenfalls. Das Nummernschild war allerdings durch den Schnee nicht zu erkennen. Die Frau fuhr ziemlich schnell. Ich dachte noch, bei dem Wetter, Mädchen! Sie fuhr so forsch, als ob sie es besonders eilig hätte. Ziemlich riskant sogar, wenn Sie mich fragen. Ein Waldweg ist keine Autobahn. Eine Frau, doch“, betonte er noch einmal, als ob er sich seine Beobachtung im Nachhinein selbst bestätigen wollte. „Mittelklassewagen. Mehr konnte ich leider nicht erkennen, nicht einmal den Autotyp könnte ich mit Gewissheit sagen. Dafür war sie zu schnell weg und ich bin in die Gegenrichtung zum Forsthaus eingebogen. Da musste ich mich auf den Weg konzentrieren. Wie gesagt, ein Waldweg ist keine Autobahn."

Mir fiel auf, dass er gelegentlich etwas behauptete, um es gleich darauf wieder zu relativieren. Eine Frau? Oder doch nicht? Eine Frau, ja, wahrscheinlich. Aber beschwören könne er es natürlich nicht bei dem Wetter und der Entfernung.

„Wann war das?", wollte ich wissen. Ich hatte mir längst abgewöhnt, Zeugenaussagen unbesehen zu glauben. Warum erzählte er mir das erst heute? Das war doch eine wichtige Beobachtung, von der er mir gestern schon hätte berichten müssen.

„Das dürfte ziemlich genau zehn Minuten nach vier Uhr gewesen sein. Zum Forsthaus waren es noch ungefähr fünf Minuten."

Einerseits und andererseits. Und dann wieder eine präzise Aussage. Waren die Zweifel ehrlicher als die Behauptung?

Gestern habe er gesagt, er sei kurz vor vier Uhr am Forsthaus eingetroffen, hielt ich ihm vor, indem ich einige Seiten in meinem Notizbuch zurückblätterte.

„So?", sagte er scheinbar überrascht. „Dann habe ich mich gestern wegen der ganzen Aufregung geirrt. Es war zehn Minuten nach vier Uhr. Da bin ich mir ziemlich sicher." Er sagte „ziemlich". Das notierte ich mir. Immer diese Behauptung und gleich die schnelle Relativierung.

„Konnten Sie die Frau erkennen, Herr Zeisig, und war sie allein im Wagen?“

Er überlegte. Nein, er habe keine weiteren Personen im Auto erkennen können, aber die Sicht sei ohnehin sehr eingeschränkt gewesen. „Wie gesagt, der Schnee. Ich bin mir eigentlich sicher, dass nur eine Person im Wagen saß. Aber fragen sie mich nicht, wie die aussah.“ Auch hier das einschränkende Wort eigentlich, wohl um zu vermeiden, ihn später auf präzise Angaben festlegen zu können. Und „Person“ war entschieden vager als „eine Frau“.

Förster haben in der Regel gute Augen. Hatte er einen Grund, keine verwertbare Beschreibung der Person abzugeben? „Und sonst, Herr Zeisig, ist Ihnen sonst noch etwas aufgefallen, was Sie mir gestern zu sagen vergessen haben?“

Er schien nachzudenken, erklärte dann aber überzeugt, dass er seiner gestrigen Aussage nichts weiter hinzuzufügen habe.

„Gut“, hielt ich fest. „Gehen wir der Reihe nach. Ihre Frau hat am Freitag den Schlüssel für das alte Forsthaus an den Apotheker Schildheim herausgegeben. Hat sie bei der Gelegenheit gesehen, ob er allein oder in Begleitung gekommen ist?“

Das habe er seine Frau heute Morgen auch gefragt, bevor er zu uns gefahren ist. Aber sie sagte, der Apotheker war allein bei ihr, um den Schlüssel abzuholen.

Da Schildheim und seine Freunde nicht zum ersten Mal ein Wochenende im Forsthaus verbracht haben, hätte es sein können, dass Frau Zeisig oder auch ihm, dem Förster selbst, Begleitpersonen des Apothekers begegnet sind. Vielleicht war es auch nicht immer Schildheim, der den Schlüssel holte.

„Nein", lautete die Antwort, „es war jedes Mal der Apotheker. Der hat die Wochenenden immer organisiert. Da war kein anderer, um den Schlüssel zu holen. Das hätte mir meine Frau erzählt."

„Und es waren immer die vier Personen, die das Forsthaus buchten?", wollte ich wissen.

„Unterschiedlich", lautete die Antwort. Das Haus würde im Übrigen nicht nach Personen vermietet, sondern gewissermaßen en bloc. Allerdings ließe sich nach der Abreise anhand der benutzten Betten sagen, ob es drei, vier oder auch mehr Personen waren, die das Wochenende im Forsthaus verbracht haben. Mit dem Apotheker waren es früher drei, seit einigen Monaten aber vier Betten gewesen, die neu bezogen werden mussten.

„Keine fünfte Person?", erkundigte ich mich.

Er überlegte. Nein, von einer fünften Person wisse er nichts. Das hätte ihm seine Frau gesagt.

Ich beugte mich ein wenig vor und senkte die Stimme. „Eine vielleicht etwas indiskrete Frage unter uns Männern, Herr Zeisig", sagte ich, als wüssten wir beide natürlich, wovon ich rede. „Die Betten, besonders die Laken, ich meine, haben die Leute im Forsthaus nur geschlafen und irgendwelche Spiele gespielt, Skat oder so? Oder wissen Sie von mehr? Ich meine, die nur noch teilweise bekleideten Männer sprechen doch Bände."

„Das geht mich nichts an", blockte er deutlich ab. „Damit will ich nichts zu tun haben. Und meine Frau auch nicht. Ich weiß schon, was Sie meinen, Herr Ponte. Nur geschlafen ist gut!"

Die Antwort reichte mir zunächst. Ich hatte ohnehin nicht angenommen, dass die Vier nur Halma, Skat oder eben Schraps hat den Hut verloren gespielt haben. Die herumliegenden Kleidungsstücke sprachen eine deutliche Sprache.

„War es immer nur die eine Frau oder wissen Sie etwas von wechselndem Damenbesuch?"

Er wandt sich. Ihm war sichtlich unwohl. „Herr Kommissar, die Männer sind tot. Über Tote nur Gutes, sagt man. Ich bin nicht dabei gewesen und ich habe keinem die Lampe gehalten, wenn Sie verstehen, was ich meine."

Der Mann war für eine klare Aussage nicht zu haben. Er sagte zwar etwas, aber er hatte immer ein Hintertürchen offen, um später behaupten zu können, dass er das und das nicht, und das und das gesagt habe. Da müsse man ihn missverstanden haben.

„Das Problem ist nur, Herr Zeisig, dass ich nicht über die Moral der Herren und der Dame zu befinden habe, sondern drei, vielleicht sogar vier Mordfälle aufklären muss. Da kann ich Diskretion, so ehrenhaft das sonst auch sein mag, nicht gelten lassen. Also?"

„Wieso vier?", fragte Zeisig. „Es lagen doch nur die drei Männer im Zimmer."

„Es war eine vierte Person im Forsthaus. Darüber haben Sie sich doch gestern selber gewundert, dass Nummer vier fehlte. Es standen vier Gedecke und vier Likörgläser auf dem Tisch. Es lagen aber nur drei tote Männer am Tisch beziehungsweise einer lag daneben."

Er nickte. „Der Apotheker."

„Richtig, der Apotheker. Die vierte Person, das wissen wir inzwischen mit Gewissheit, war eine Frau. Ist es vielleicht die Frau gewesen, die Sie mit dem Auto aus dem Wald kommen sahen?"

Er hob fast verzweifelt beide Arme. Woher solle er das wissen? Er habe die Frau im Auto nicht erkannt. Er könne nicht einmal beschwören, ob es eine Frau war, die den Wagen aus dem Wald lenkte. Es sah vielleicht nur so aus. Wieder dieser Rückzug ins Vage. Das Schneetreiben und die Entfernung. Und so gut war das Licht um diese Stunde auch nicht mehr.

Ich lehnte mich in meinem Stuhl distanziert zurück und blickte meinem Gegenüber gerade in die

Augen. „Herr Zeisig, ich werde leider das Gefühl nicht los, dass Sie mir nicht die ganze Wahrheit sagen. Sie verschweigen etwas. Was verschweigen Sie mir?“ Die Tonlage meiner Stimme musste ihm signalisieren, dass es mit der freundlichen Unterhaltung vorbei war.

Zeisig verlor seine gelassene Haltung. Hatte er wirklich etwas zu verbergen oder war es nur mein frontaler Angriff, der ihn verunsicherte? Er atmete tief ein und langsam wieder aus, wie es der Jäger macht, wenn er sein Ziel über Kimme und Korn anvisiert. Die Übung beherrschte er. Er hielt meinem Blick nicht lange stand. Die Augenlider zuckten nervös.

Er machte sich steif. Aber er legte seine Hände fest ineinander, als müsse er sich zur Ruhe zwingen. „Ich bin gekommen, weil ich ein Protokoll unterschreiben soll. Ich habe gesagt, was ich weiß. Wenn Sie mehr wissen als ich, müssen Sie das sagen, Herr Kommissar. Für ein Verhör schicken Sie mir bitte eine offizielle Vorladung. Kann ich jetzt gehen?“

Fehlte nur noch, dass er das Visier herunterklappte und zum Angriff überging. Es beeindruckte mich aber nicht sonderlich. Solche Reaktionen kannte ich zur Genüge. „Das Protokoll, Herr Zeisig. Frau Korn wird es Ihnen zur Unterschrift vorlegen. Und nein“, setzte ich hinzu, „ich will Ihnen nichts unterstellen. Sagen Sie bitte Ihrer Frau Bescheid, dass wir das Forsthaus im Laufe der Woche wieder freigeben werden, sobald unsere Ermittlungen vor Ort abgeschlossen sind.“

Ich stand auf. Auch er erhob sich. Ich reichte ihm die Hand. Er erwiderte den Druck, kräftig. In ebenso aufrechter Haltung wie er gekommen war, verließ er den Raum. Er drehte sich nicht um. Eigentlich, dachte ich, ist er doch ein ganz sympathischer Mann. Tat ich ihm unrecht? Hatte er etwas mit den Vorgängen im alten Forsthaus zu tun oder war er doch nur der nachträgliche und deutlich verunsicherte Zeuge eines Verbrechens, den die Ereignisse mehr mitnahmen, als er zugeben wollte?

Pause hielt es für erforderlich, mir einen ausführlichen Vortrag über die Wirkung von Zyankali zu halten. Ich unterbrach ihn nicht, weil ich wusste, wie gern er dozierte und wie gern er mit seinem Wissen brillierte. Ich sah ihm die kleine Eitelkeit nach. Außerdem erinnerte er mich, obwohl wir beide etwa gleichaltrig sind, an meinen Vater, wenn auch auf eine etwas umständliche Weise. Was hat mich Vater mit seinen Belehrungen oft genervt, wenn er mir – in bester Absicht, ich will es nicht bestreiten – etwas „fürs Leben“ beibringen wollte. Es hat ihn gekränkt, wenn er merkte, dass ich nur so tat, als hörte ich zu, während ich mit meinen Gedanken ganz woanders unterwegs war.

„Es ist kein Wunder", hat er einmal unwillig gesagt, als er feststellte, dass er wieder einmal an mir vorbeiredete. „Es ist kein Wunder, dass dir zum linken Ohr entfleucht, was dir durch das rechte zugetragen wurde. Es ist mangels Masse kein Widerstand dazwischen!" Entfleucht, hat er gesagt, daran erinnere ich mich genau.

Pause also: „Kaliumcyanid, kurz Zyankali mit der Summenformel KCN, ist das Kaliumsalz der Blausäure, HCN", erklärte er. „Die farblosen Kristalle sind gut wasserlöslich, aber schwer löslich in Alkohol. Merke auf!" Er hob den Zeigefinger. „Das Gift vom Forsthaus muss also erst in Wasser aufgelöst und dann dem Likör zugesetzt worden sein. Der Geruch ist übrigens gar nicht so auffällig, wie gemeinhin angenommen wird. Wenn du sagst, du hättest einen Mandelgeruch wahrgenommen, besitzt du eine feine Nase. Jedenfalls", schränkte er grinsend ein, „was Zyankali betrifft. Oder es war der Schnaps. Da kennst du dich vermutlich besser aus. Schluckst du das Zeug, jetzt rede ich wieder von KCN, nota bene, verwandelt es die Magensäure in Blausäure. Der Vorgang ist etwas komplizierter. Aber ich will dich nicht überfordern."

„Doc", unterbrach ich ihn, „komm zur Sache. Ich hatte Chemie Leistungskurs."

Mein Einspruch missfiel ihm. „Recht hast du. Man soll Perlen nicht vor die Säue werfen, du Ignorant."

Es war nicht böse gemeint. So ist er eben, der gute Gregor, unser Gerichtsmediziner an der Front.

„Eine Dosis von etwa 140 Milligramm Cyanid wirkt bei einem erwachsenen Menschen absolut tödlich. Die Konzentration in den Gläsern und in der Flasche war deutlich höher, gut 200 Milligramm. Exakt 201,32. Wie gesagt, das Gebräu hätte auch einen Elefanten umgehauen. Da ist jemand auf Nummer Sicher gegangen."

„Wenn ich dich richtig verstanden habe, dürften die drei Männer und meinetwegen auch die Frau völlig arglos gewesen sein, weil sie den eigenartigen Geruch, sofern sie ihn überhaupt wahrnahmen, dem Likör zugeordnet haben. Wer kommt auch schon auf Zyankali?"

Das bestätigte Pause. „Die Leute dürften von der Wirkung völlig überrascht worden sein. Und weil das Gift nicht unmittelbar zum Tod führt, sondern ein qualvolles Verenden bei anfänglich vollem Bewusstsein zur Folge hat, müssen die Opfer bei klarem Verstand begriffen haben, was mit ihnen geschieht, ohne sich noch wehren zu können. Die entsetzten Gesichter und verkrampften Glieder waren mithin nicht nur Folge der Vergiftung, sondern auch dem Bewusstsein eines grausamen Endes geschuldet."

Pause drückte sich manchmal etwas geschwollen aus. „Wer so einen Cocktail verabreicht, weiß, was er tut. Und wahrscheinlich hat er oder sie sich regelrecht delektiert am Tod seiner beziehungsweise ihrer Opfer. Da muss Rache à la Lady Macbeth im Spiel gewesen sein. Suizid?“ Er schüttelte verneinend den Kopf. Wenn schon nicht die drei anderen, so hätte der Apotheker den Braten riechen müssen, meinte Pause. Und der selbst käme als Täter auch kaum infrage, denn als promovierter Pharmakologe weiß er um die Wirkung. Außerdem hätte er durchaus Zugang zu schneller wirkenden Mitteln. Es muss eine fünfte Person gegeben haben, jemand, der Grund zu haben glaubte, sich an den vier Menschen auf genau diese Weise rächen zu müssen. Vielleicht hat er – oder sie – sogar heimlich zugesehen, wie das Gift wirkte, um sich am Krepieren, denn nichts anderes sei es gewesen, seiner Opfer zu weiden.

Irgendwie kam mir dieses absonderliche Bild wieder ins Gedächtnis, das ich wie einen Albtraum erlebt hatte: Die Apothekerin Schildheim und Förster Zeisig machen gemeinsame Sache.

„Wer waren denn die anderen deiner Schraps- und Schnapsrunde?“, wollte Pause wissen. „Von dem Apotheker weiß ich. Ich kannte ihn sogar.“

„Du kanntest ihn?“, fragte ich überrascht, denn davon hatte er gestern nichts erzählt.

„Flüchtig. Wie man eben Leute kennt, mit denen man gelegentlich zu tun hat.“

„Ich denke, deine Kundschaft kommt ohne Pharmaka aus?", fragte ich spöttisch.

Er hielt es nicht für erforderlich, überhaupt darauf zu antworten. Also kam ich auf unser eigentliches Thema zurück und auf die Frage, wer die drei anderen sein könnten. Das herauszufinden ist unsere vordringlichste Aufgabe. „Vor allem fahnden wir nach der Frau", erklärte ich. „Ist auch sie ein Opfer des Anschlags oder will sie uns nur auf raffinierte Weise glauben machen, Opfer zu sein?" Ich erzählte Pause von der Beobachtung des Försters, der eine Frau, die er allerdings nicht näher beschreiben konnte oder wollte, aus Richtung Forsthaus habe davonfahren sehen. Für eine fünfte Person hatten wir bisher keinen Beleg.

„Was ist mit ihm, dem Förster?", erkundigte sich Pause interessiert. „Er lässt eine der Leichen verschwinden, um den Verdacht auf sie zu lenken. Cherchez la femme! Wenn sie irgendwo im Wald vergraben liegt, war sie es vermutlich nicht", kalauerte er mit seinem eigenartigen Sinn für Humor. „Wird schwierig sein, sie zu finden. Der Förster kennt sein Revier. Und der Schnee ist ein großes Leichentuch. Oder doch eine fünfte Person im Hintergrund?"

Die Überlegungen des Arztes lagen gar nicht so weit von unseren eigenen Vermutungen entfernt. Aber es waren Vermutungen. Ohne Kenntnis über die zwei anderen toten Männer und die Frau tappten wir im Dunkeln. Mir fiel die Zeile von Matthias Claudius wieder ein. Der Wald steht still und schweiget.

„Die Fingerabdrücke der drei Toten und der verschwundenen Frau jagt Elke noch durch den Computer“, sagte ich. „Wie sieht es mit besonderen körperlichen Merkmalen der Opfer aus, Doc? Alte Verletzungen, vielleicht sogar Implantate. Es handelt sich schließlich um Leute über fünfzig. Da hat mancher schon seinen ersten Knacks weg. Herzschrittmacher, künstliches Hüftgelenk, implantierte Metallschienen wegen eines komplizierten Bruchs. Was ist mit dem Zahnstatus?“

„Du lässt mich nicht ausreden, Sherlock Holmes“, spottete er, als sei er Doktor Watson. „Einer besitzt tatsächlich ein künstliches Hüftgelenk. Das Problem: Er ist in Lettland operiert worden, wie die eingestanzte Kennung beweist.“

„Aus Kostengründen?“

„Nein. Bei solchen Eingriffen musst du in Deutschland nicht zuzahlen“, widersprach der Arzt. „Vielleicht hat er sich zu der Zeit, als die Sache akut wurde und keinen Aufschub mehr duldete, in Lettland aufgehalten. Was die Zahnstatus anlangt“ – Pause verwendete den korrekten lateinischen Plural mit dem langen U – „da wird es dauern, bis die Abgleiche vorliegen, wenn es nicht gerade ein Kollege aus

Weimar war. Ich bin kein Monteur de la Fresse, aber einer hat sich sein Gebiss mit Sicherheit nicht in Deutschland einpassen lassen. Ich tippe auf Bulgarien oder Rumänien. Da wird es schwer sein, den entsprechenden Zahnarzt zu finden. Ach, hatten es da die Kollegen in der alten DDR leicht."

„Wieso?"

„Da gab es keine bulgarischen Zahnprothesen und keine lettischen, izvinite pozhalujsta, sowjetischen Hüftgelenke. Alles hausgemacht, alles Made in GDR."

„Na, die lettische Hüfte ist doch schon einmal eine Spur", freute ich mich. „Und im Übrigen, wenn du dich bei mir auf Russisch entschuldigen willst, wähle das nächste Mal den Singular: Izvini!" Das konnte ich mir nicht verkneifen. Auf sein säuerliches Gesicht reagierte ich nicht. „Wie schnell, meinst du, sind die Letten mit der Auskunft?"

Pause war skeptisch und hoffnungsvoll zugleich. „Früher hätte das gut und gerne einen Monat gedauert, denn da musste alles über Moskau gehen. Daran hat sich seit Akakij Akakijewitsch in der russischen Bürokratie nichts geändert."

Ich unterließ es, auf den Unterschied zwischen Russland und Lettland hinzuweisen, worauf die stolzen Letten mit Nachdruck bestehen. Pause hoffte wohl, dass ich Gogols Novelle von dem armseligen Kopisten aus Petersburg nicht kannte. Er nahm's unwillig zur Kenntnis, dass ich ihm den Gefallen nicht tat zu fragen, wer dieser Akakij Akakijewitsch sein soll. Also fuhr er in seiner Darlegung fort. Komm du mir mit deinem Medizinerlatein, ich mach's dir germanistisch! Irgendwann, hatte ich schon lange gehofft, kommt mir Vaters Dozieren in der Bibliothek unseres Hauses zugute. Pause kannte Nikolai Gogols Erzählung nicht. Ha!

„Inzwischen dürften dank der direkten Verbindung nach Riga drei Wochen ausreichen."

„Wie tröstlich!", folgte ich seiner Ironie. „Aber du grinst so hinterhältig. Was für ein Ass hast du im Ärmel, Doktor Watson?"

Anscheinend hatte ich ihm den Coup verdorben. Säuerlich sagte er: „Eine alte Studienkollegin von mir hat nach Riga geheiratet. Sie arbeitet im Riga East Clinical University Hospital. Dort ist das Hüftgelenk eingebaut worden. Sie ruft zurück. Morgen."

„Wenn ich dich nicht hätte, Watson!", sagte ich erfreut und klopfte ihm anerkennend auf die Schulter.

„Und die großen Kartoffeln", setzte er wieder wohlgestimmt fort. „Dann müsstest du die kleinen essen."

Astrid kam ziemlich frustriert von der Apothekerin zurück. „Ich weiß nicht, was ich von ihr halten soll", berichtete sie. „Ist sie kalt wie Hundeschnauze oder durch eine kaputte Ehe psychisch dermaßen beschädigt, dass sie nur noch Hass empfinden kann? War sie es, die die tödliche Mixtur kredenzt hat? Jedenfalls hat sie nur einen kurzen Blick auf ihren Mann geworfen und gesagt: Das ist Schildheim. Dann ist sie ohne jedes Zeichen von Trauer oder Erschütterung wieder gegangen. Was soll man davon halten?“ Fragend blickte sie sich in der Runde um.

„Es gibt solche Frauen“, sagte Hans. „Bei Männern habe ich das noch nicht erlebt.“

Elke lächelte spöttisch. „Ach, Hänschen. Männer sind ja so empfindlich!“

„Ist so“, erwiderte er. Allerdings milderte er mit einem schiefen Grinsen sein apodiktisches Urteil ab.

Zur Aufklärung der Morde kann oder will Frau Schildheim nichts beitragen, berichtete Astrid weiter. Sie sei gestern Nachmittag bei ihrer Freundin in Jena gewesen und konnte wegen des Schneetreibens erst nach achtzehn Uhr zurück sein. Dann habe sie sich eine heiße Suppe gemacht, weil sie von der Fahrt ziemlich durchgefroren war. Es hätte sie zwar gewundert, dass ihr Mann noch nicht im Haus war, aber das habe sie auch nicht sonderlich interessiert. Er bewohnt die obere Etage, sie die untere. Es reiche ihr, sagte sie, den Schildheim in der Apotheke zu sehen. Sie nennt ihren Mann grundsätzlich nur „der Schildheim“. Er habe sie schon lange nicht mehr interessiert. Jetzt sei er eben tot. Das interessiere sie auch nicht. „In der Nähe dieser Frau gefriert das Wasser im Glas", lautete Astrids Resümee. „Das mit der Freundin in Jena überprüfe ich noch. Aber wenn die beiden sich abgesprochen haben, wird es schwer sein, ihnen das Gegenteil zu beweisen. Und Frau Apothekerin macht mir nicht den Eindruck, dass sie irgendetwas dem Zufall überließe."

„Das Gegenteil von Liebe ist eben nicht Hass, sondern Gleichgültigkeit", sagte Astrid. Da gab es nichts zu erwidern. Sie hatte ihre Erfahrungen gemacht.

„Manchmal hilft Kommissar Zufall. Bei dem Wetter ist die Verkehrspolizei verstärkt unterwegs", riet ich Astrid nachzufragen, ob es gestern Nachmittag Unfälle oder längere Staus auf der Strecke zwischen Weimar und Jena gegeben habe. „Falls ja und Frau Schildheim weiß nichts davon, wäre sie uns eine Erklärung schuldig."

„Mach ich, Chef."

Astrid berichtete weiter, dass sie Frau Schildheim gebeten habe, sich in den oberen Räumen, die ihr Mann bewohnt beziehungsweise bewohnt hatte, umsehen zu dürfen. Sie habe keinen konkreten Verdacht gehabt, aber gehofft, Hinweise auf die anderen Personen der Forsthausrunde zu finden. „Die hat mich vielleicht angefaucht!"

„Wieso?", erkundigte ich mich.

„Wie ich dazu käme und ob ich denn einen Durchsuchungsbeschluss hätte. Und überhaupt, ihr Mann sei noch keine 24 Stunden tot, da fiele die Polizei schon in Schwärmen in ihr Haus ein."

„Die liebende Gattin verteidigt das Revier ihres Mannes!", spottete Hans. „Du hast sie hoffentlich abblitzen lassen?"

„Davon kannst du ausgehen!" Man hörte es ihrer Stimme an, dass sie noch jetzt wütend war. Aber sie sei ganz sanft geblieben, behauptete Astrid. „Ich habe nur gesagt, dass ich im gegenteiligen Fall in einer Stunde natürlich wieder auf der Matte stehen werde und mit mir ein halbes Dutzend Polizisten. Zur Freude der Nachbarn. Würdet ihr das als Drohung empfinden?" Sie blickte sich triumphierend um.

Einhellig verneinten wir ihre Frage mit allen Anzeichen gespielten Protestes.

„Und?", wollte ich wissen.

„Ich hatte das Gefühl, sie habe Blei an den Füßen, als wir die Treppe in die obere Etage hinaufgingen. Als ob sich ihr ganzer Körper wehrte, die Räume zu betreten, in denen ihr Mann gelebt hat. Aber allein lassen wollte sie mich auch nicht. Neugier oder Vorsicht? Um es kurz zu machen: Ich habe keinen Hinweises auf die drei anderen Personen gefunden. Da müsste man wahrscheinlich gründlicher vorgehen, als ich das in der knappen Zeit konnte."

Ich nickte und behielt mir vor, eine richterliche Untersuchung des gesamten Hauses zu beantragen. „Das Auto", erkundigte ich mich noch. „Stand

Schildheims Auto in der Garage, wie sie uns gestern Abend gesagt hatte?“

Das bestätigte Astrid. Er sei auch am Wochenende laut seiner Frau damit nicht unterwegs gewesen. „Die Garage war komplett trocken. Ganz offensichtlich ist das Auto die vergangenen Tage nicht bewegt worden.“ Wer ihn zum Forsthaus gefahren hat? Sie wisse es nicht, habe Frau Schildheim gesagt. Sie wisse nicht einmal, ob er in dieses ominöse Forsthaus gefahren sei, das sie im Übrigen gar nicht kenne. „Ich musste mir allerdings auch noch eine Belehrung von ihr gefallen lassen“, berichtete Astrid. „Es gäbe hinreichend viele Fälle, in denen sich die daktyloskopischen Untersuchungen als fehlerhaft oder doch wenigstens nicht als zweifelsfrei erwiesen hätten. Baut sie damit irgendwelchen Fragen vor? Die Dame weiß Bescheid. Ohne richterlichen Beschluss sei sie jedenfalls zur Abgabe ihrer Fingerabdrücke nicht bereit.“

Natürlich wussten wir, dass eine solche Anordnung nur dann erlassen wird, wenn die Voraussetzung einer Straftat von erheblicher Bedeutung im Sinne des Strafgesetzbuches gegeben ist. Aber wenn sich jemand so konsequent weigerte wie die Apothekerin, mussten wir schon mehr als eine bloße Vermutung vorbringen, um einen Richter zu überzeugen. „Frau Doktor Schildheim möchte nicht das Opfer eines Justizirrtums oder einer schlampigen Ermittlung werden. Die Dame fährt große Geschütze auf."

„Die Fehlerquelle liegt deutlich unter einem Prozent, wie ihr wisst", stellte Elke klar. „Und von wegen schlampige Ermittlung, das lasse ich mir schon gar nicht und von niemandem unterstellen. Frechheit!", sagte sie empört.

Ich wusste von dem Fall eines 28-jährigen Arbeiters, der sechs Monate unschuldig wegen Mordes im Gefängnis gesessen hatte. Das Institut in Berlin hatte bei der Analyse die Proben verunreinigt. Kann passieren, darf aber nicht. Der Staatsanwalt musste sich schriftlich entschuldigen. Ich unterließ es aber tunlichst, in Elkes Gegenwart von dem Fall zu erzählen. Ich wusste, wie empfindlich sie reagieren konnte. „Wenn Frau Schildheim ihr Recht auf informationelle Selbstbestimmung laut Artikel zwei, Absatz eins des Grundgesetzes ins Feld führt, müssen wir schon gute Karten haben."

Astrid legte ein Blatt Papier mit einer handschriftlich notierten Buchstaben- und Zahlenfolge auf den Tisch. „Sie hat mir sein Autokennzeichen aufgeschrieben."

„Ja, und?", fragte ich. „Das hättest du doch selbst protokollieren können."

„Hätte ich", gab Astrid zu. Dabei fasste sie den Zettel mit spitzen Fingern an.

Ich begriff. „Astrid, du weißt, dass dich damit jeder Haftrichter aus dem Zimmer schmeißt. Zu Unrecht erlangte Beweise werden nicht nur nicht anerkannt, sie bringen auch dem, der sie als Beweis vorlegt ..."

Da unterbrach mich Hans unwirsch. „Sei doch nicht immer gleich so pingelig, Ekke. Natürlich weiß das Astrid auch. Aber wenn Elke feststellt – zufällig natürlich –, dass sich unter den zahlreichen Fingerabdrücken im Forsthaus auch die von der Schildheim befinden wie auf dem Stück Papier ..."

„Was für ein Papier?", fragte ich. „Hat hier jemand ein Stück Papier gesehen? Und du, Astrid, lass nicht ständig deine Zettel auf meinem Tisch herumliegen. Hast du keinen eigenen Papierkorb?"

„Ich frage mich die ganze Zeit", sprach Hans mehr in den Raum hinein, als dass er einen von uns persönlich meinte, „woher das Gift stammen könnte, wie es in die Flasche gekommen ist, auf welchem Weg die auf den Tisch im Forsthaus gelangte und warum wir weder auf der Flasche noch auf dem Glas der verschwundenen Frau Fingerabdrücke finden konnten."

„Und wieso", ergänzte Elke, „ausgerechnet auf dem Glas Lippenstift zu finden war. Ein Fehler der Mörderin oder eine bewusst gelegte falsche Fährte des Mörders?"

„Womit wir wieder bei der fünften Person wären", konstatierte ich, „und genau so klug sind als wie zuvor. Du hast recht, Hans. Wenn wir über die Personen des Verbrechens keinen Schlüssel für die Ereignisse im Forsthaus finden, ist es vielleicht die Flasche. Ich meine, Mandellikör. Wer trinkt so etwas und wo kauft man so etwas? In den großen Supermärkten wird sich vermutlich kaum eine Kassiererin an einen solchen Kunden erinnern, falls die überhaupt diese Marke noch führen. Ist ein altes DDR-Produkt. Aber es gibt immerhin noch ein paar kleinere Geschäfte, die Zigaretten und Alkoholika anbieten. Ich frage mal meine Lottojungs in der Wielandstraße, wo ich jeden Mittwoch spenden gehe."

Erstaunt blickte Hans auf. „Spenden im Lottogeschäft? Davon habe ich noch nie gehört."

Ich lachte. „Jeden Mittwoch gebe ich einen Lottoschein mit vier Tipps einschließlich Zusatzspiel für acht Euro ab. Da ich selten, und wenn ja, höchstens fünf Euro gewinne, deklariere ich das eingesetzte Geld als Spende an künftige Lottomillionäre. Das gibt dem Verlust von acht Euro einen versöhnlichen Anstrich."

Die Kollegen lachten. „Ich wusste gar nicht, dass du so sozial eingestellt bist!", sagte Astrid.

„Oh ja", erklärte ich. „Mit den Jungs habe ich sogar vereinbart, dass ich einen größeren Gewinn, so ab hunderttausend, mit ihnen teilen würde."

„So weit darf die Freundschaft aber auch nicht gehen", meinte Hans, der ein Knauser war, wie ich wusste.

„Warum nicht? Ich bekomme den Betrag vor dem Komma, sie den danach. Ist doch gerecht geteilt."

Ein müdes Lächeln war die Antwort.

„Also, Kollegen", kam ich auf unseren Fall zurück, „ich kümmere mich um den Likör. Ihr wisst ja: Wer Sorgen hat, hat auch Likör. Wenn ich mir Frau Schildheim vorstelle, ahne ich, dass Herr Schildheim einigen Kummer hatte. Und Mandellikör gehört nicht zu den Alkoholika, die in Massen über den Ladentisch gehen. Ein ausgefallener Geschmack weist auf besonders auffällige Kunden. Suchen wir nach der Likörflasche im Heuhaufen."

Ich hob die Besprechung auf. Jeder wusste, was er zu tun hatte. Aber noch war unser Suchen ein Stochern im Nebel. Oder im Schneetreiben, um bei der aktuellen Wetterlage zu bleiben.

Nachdem die Kollegen mein Zimmer verlassen hatten, wollte ich mich eigentlich über den fälligen Papierkram hermachen. Aber ich hatte keine Lust, die Bürokraten mit irgendwelchen Zahlen zu füttern. Also beschloss ich, zu Thomas zu gehen. Die frische Luft tat mir gut.

Mit Thomas hatte ich vor Jahren dieselbe Klasse besucht. Er war ziemlich erstaunt, als ich seinen Laden außer der gewohnten Zeit betrat. „Nanu", sagte er. „Hast du vielleicht drei Richtige und willst dein Geld abholen? Musst du morgen noch einmal kommen. Auszahlung erst ab Dienstag."

„Wenn ich etwas gewinne, hole ich mir den Betrag in einem anderen Laden ab, damit du keinen Verlust machst."

Er lachte. „Was darf's denn sein, Herr Geheimrat?" Er nannte mich schon seit der Schulzeit so. Wir hatten beide vergessen, warum das so war.

„Hast du Mandellikör vorrätig?"

Er blickte mich überrascht an. „Hat dich der Apotheker geschickt?"

„Was für ein Apotheker?" Ich war verblüfft und tat unwissend.

„Der Schildheim von der Bärenapotheke. Ich kenne sonst keinen, der das Zeug schluckt. Die meisten dieser Spezies bevorzugen Kommodenlack. Restbestände aus der DDR. Mehr Chemie als Natur. Siebzehnprozentig. Was willst du mit Mandellikör?"

Ich ging nicht auf die Frage ein. „Wann hat Herr Schildheim das letzte Mal bei dir eingekauft?"

Thomas überlegte und erinnerte sich. „Donnerstag. Letzten Donnerstag. Wieso das letzte Mal?", fragte er plötzlich. „Es soll da im Forsthaus ... Nee, nich?"

„Thomas", sagte ich, „kannst du schweigen?"

„Wie eine ägyptische Mumie!"

Ich klopfte ihm leutselig auf die Schulter. „Ich auch." Aber weil Thomas ein pfiffiges Kerlchen ist, begriff er, dass meine Frage kein Widerspruch auf seine Vermutung war. Ernst schüttelte er den Kopf. „Der Apotheker." Und geschäftstüchtig fügte er hinzu: „Ich hab noch ’ne ganze Stiege von dem Zeug. Restbestand von anno dunnemals. Das kauft doch sonst niemand.“

„Eine nehme ich dir ab.“ Man muss auch gönnen können, dachte ich. So viel Glück, schon beim ersten Versuch richtig zu liegen, hat man selten. Im Fall „Forsthaus“ hatte ich bisher das Gefühl, durch eine Stadt zu laufen, deren Straßen alle als Sackgassen enden. Thomas’ Lottolädchen war ein erster Erfolg. Zufrieden wollte ich mit meiner Flasche Mandellikör in die Dienststelle zurückgehen, da fiel Thomas noch etwas ein. „Am Mittwoch, da hatte ich meinen freien Tag. Mein Kollege hat mir dann am Donnerstag erzählt, dass Frau Schildheim eine Flasche Mandellikör gekauft hat, was sonst ihr Mann macht. Darüber hat er sich sehr gewundert. Unter uns, die Ehe von den beiden ... na, ich will nichts gesagt haben.“

„Frau Schildheim hat Mandellikör gekauft?“, fragte ich völlig überrascht.

„Hat sie. Mein Kollege hat es mir nur erzählt, weil er sich gewundert hatte.“

Ich gab Thomas die Hand und bedankte mich. Er sagte verwundert: „Wofür? Dass ich dir den Likör angedreht habe?“

„Vielleicht“, wich ich einer direkten Antwort aus. „Ich sag dir morgen, ob ich den Rest auch noch nehme.“ Damit verabschiedete ich mich. Die Flasche barg ich sicher in der Innentasche meines Mantels. Es war ziemlich glatt, da wollte ich das Corpus Delicti nicht auf der Straße zerspringen sehen. Frau Schildheim war mir eine Antwort schuldig.

In der Dienststelle angekommen, stellte ich Elke die Flasche auf den Tisch und bat sie, die Chargennummer zu überprüfen und mit der sichergestellten Flasche zu vergleichen. Ihren erstaunten Blick quittierte ich mit einem Lächeln. „Du kennst ja die Geschichte von dem blinden Huhn und dem Korn."

Das nahm sie mir nicht ohne weiteres ab. „Ist ja nicht verkehrt, wenn der Chef mehr drauf hat als seine Mitarbeiter. Wie kam's denn?"

„Alte Seilschaften."

Sie hatte bereits die im Forsthaus sichergestellte Flasche in der Hand. Die Chargennummern stimmten überein.

„Dann gibt es nur noch ein kleines Problem", sagte ich. „Frau Schildheim hat ebenfalls eine Flasche Mandellikör gekauft. Wo ist die abgeblieben?"

„Cherchez la Flasch", erwiderte Elke. „Oder fragen wir doch mal die Apothekerin. Ich bin sicher, dass Astrid so eine Flasche in dem Haus aufgefallen wäre."

Beim Blick aus dem Fenster meines Dienstzimmers fragte ich mich angesichts des noch immer fallenden Schnees, wie wir unbeschadet zum

Forsthaus und wieder zurück gelangen sollten. Der Straßendienst war mit dem Freihalten und Streuen der Hauptverkehrswege vollauf beschäftigt. Da standen Waldwege weit hintenan.

Hans beruhigte mich. Er habe mit Achim gesprochen und alles geklärt.

„Wer ist Achim?“, erkundigte ich mich.

„Kennst du nicht. Stadtwirtschaft. Der hat einen Schneepflug zum Forsthaus geschickt.“

„Bloß mal so, weil du ihn darum gebeten hast?“, fragte ich mit deutlichem Zweifel.

„Ich hab's halt ein bisschen dringlich gemacht von wegen Gefahr in Verzug und dass ich zurzeit noch nicht darüber sprechen dürfe. Aber er wäre der Erste, der den Grund erfährt. Achim ist 'n netter Kerl.”

„An eure unorthodoxen Ermittlungsmethoden werde ich mich nie gewöhnen. Die eine besorgt illegal Fingerabdrücke, die andere schiebt alles auf den Chef und der Dritte im Bunde missbraucht seinen Status als Kriminalbeamter, um einen Schneepflug zu ordern. Junge, Junge, in welche Kreise bin ich da geraten!“

Hans lachte. „Verstehst du nun, warum ich den Job als Leiter der MUK nicht haben wollte? Da müsste ich mich stur an die Dienstvorschrift halten. Ist schon gut, Chef, ich habe Achim nur gefragt, ob man bei dem Wetter mit dem Auto zum alten Forsthaus kommt. Ich könne ihm das leider noch nicht erklären, sei halt ein Mordsding, habe ich gesagt. Wir könnten uns ja mal wieder bei Mario im Sächsischen Hof auf ein Bier treffen. Oder zwei, hat er gesagt. Der hat mir doch den Schneepflug regelrecht aufgedrängt. Da musste ich gar nichts weiter erklären. So ist er nun mal, der Achim. Eben Kumpel. Alles klar?"

Ich winkte ab. „Was ist eigentlich mit Frau Zeisig? Du solltest sie doch befragen?"

„Geht seinen Gang. Sie ist heute dienstlich unterwegs nach Potsdam. Wir haben uns für morgen Vormittag verabredet", erklärte Hans.

„Potsdam?", fragte ich. „Davon hat mir Herr Zeisig aber nichts erzählt."

„Der Herr Zeisig erzählt nicht alles. Er ist doch kein Singvogel nicht", antwortete Hans zweideutig. „Aber vielleicht hat er einen Blendstein, mit dem er sich unsichtbar machen kann."

Die Straßen in der Stadt waren gut geräumt, dennoch war Vorsicht geboten. Als wir uns auf der Belvederer Allee stadtauswärts befanden, fragte ich Hans. „Blendstein? Was soll das sein?"

Hans sah man den Stolz an, mir einmal etwas an Wissen voraus zu haben. „Der Zeisig baut sein Nest gut versteckt und hoch oben in den Bäumen. Weil es schwer zu finden ist, entstand der Aberglaube, Zeisige könnten sich unsichtbar machen und wären nur im Spiegel des Wassers zu entdecken. Der Zeisig habe einen sogenannten Blendstein in seinem

Nest. Gelangt ein Mensch in den Besitz eines solchen Steines, ist er in der Lage, es dem Vogel gleichzutun oder eine beliebig andere Gestalt anzunehmen. Schöne Geschichte, oder?", fragte Hans.

„Der Herr Zeisig. So so", kommentierte ich Hans' Erzählung. „Kannte ich tatsächlich noch nicht. Du meinst, er will sich unsichtbar machen oder für einen ganz anderen gehalten werden?"

„Siehst du", erwiderte Hans lachend, „das mag ich so an dir: Du begreifst schnell. Bist eben ein richtiger Chef." Er hatte meinen Anpfiff noch nicht vergessen und bemühte sich offensichtlich um Schönwetter.

Die Belvederer Allee war gut zu befahren, obwohl es immer noch schneite. Ich war gespannt, wie der Waldweg zum Forsthaus aussieht und war überrascht. Achim hatte ganze Arbeit geleistet. „Du kannst Freunde haben!", sagte ich anerkennend zu Hans.

Selbst der Vorplatz des alten Forsthauses war beräumt, als sollten hier Staatskarossen einparken. Wir stiegen aus und gingen zunächst einmal rund ums Haus. Hans hatte den Schlüssel eingesteckt, mit dem er das Siegel brach. Die Tür knarrte ein wenig, als wir sie öffneten. Hans wollte die Deckenleuchte einschalten, aber ich hielt ihn zurück. „Wir belassen es möglichst bei der Beleuchtung, wie sie zum Zeitpunkt der Tat herrschte. Moment mal", unterbrach ich mich selbst. „Die Fensterläden waren alle geschlossen, als wir kamen?“

„Waren sie“, erwiderte Hans.

Nachmittags gegen drei Uhr ist es noch hell genug, da musste man den Leuchter nicht in Betrieb setzen, es sei denn, die Fensterläden waren geschlossen. Warum? Damit niemand, der zufällig oder doch mit Absicht vorbeikam, ins Haus sehen konnte, um die am Tisch Sitzenden zu beobachten. Oder waren die Läden nachträglich vom Täter geschlossen worden, um die Szene im Inneren in der Hoffnung zu verbergen, dass die Untat deutlich später, vielleicht erst am nächsten Tag entdeckt würde, wenn die Frau des Försters kommt, um die Zimmer zu reinigen und die Küche wieder aufzuräumen? Ich griff zum Telefon und wählte Elkes Nummer an. „Habt ihr auch die Fensterläden auf Spuren untersucht?“, fragte ich, als sie sich gemeldet hatte. Ich quittierte ihre Antwort mit einem Nicken. „Gutes Mädchen“, sagte ich zu Hans. „Hat sie tatsächlich.“

„Da wird sich Elke aber gefreut haben über deine Frage!“, spottete Hans.

Die Spuren gaben leider wenig her. Die Fensterläden auf der linken Seite waren dicht verschneit gewesen. Auf der gegenüberliegenden Leeseite hatten die Kollegen von der Spurensicherung allerdings auch nicht viel ausrichten können. Die Farbe auf den hölzernen Läden war schon ziemlich brüchig. Fingerabdrücke ließen sich gar nicht nachweisen, allerdings hafteten einige Textilfäden am rissigen Holz, die vermutlich von Handschuhen herrührten. Von wann die stammten, war schwer zu bestimmen. Und ob der Täter, der sie womöglich verursacht hatte, mit Absicht Handschuhe trug oder sie der Kälte wegen angezogen hatte, konnte nur spekuliert werden.

Wir betraten den Hauptraum. Hans schaltete die Deckenleuchte ein. Aber noch blieben wir im Eingangsbereich stehen, um uns einen Gesamteindruck der Räumlichkeit zu verschaffen. Die auf dem Tisch zurückgelassenen Gegenstände befanden sich bereits zur Untersuchung in Elkes Labor. Ich bemerkte, dass der Stuhl, auf dem der Apotheker gesessen haben musste, ordentlich an den Tisch gestellt worden war. Das missfiel mir. Ich ging hin, um die Ausgangssituation wiederherzustellen. Dann trat ich die wenigen Schritte zurück. Auf der linken Seite hatte der Apotheker gesessen, ihm gegenüber die beiden anderen Männer. Ich schloss für einen Moment die Augen, um mir die Szene besser vorstellen zu können.

Es geht recht munter zu. Es wird gelacht. Nach und nach legt einer sein Hemd ab oder seine Hose. Schraps hat den Hut verloren, du hast ihn. Ich hab ihn nicht, Schraps hat ihn. Wer ist Schraps? Die

Frau? Ihre Bluse liegt vielleicht schon hinter ihr auf dem Boden. Vielleicht auch der Rock? Der Apotheker sitzt nur noch in Unterhosen da. Gegröle und anzügliche Bemerkungen. Wer bekommt den Preis? Das ist natürlich sie. Zieht sich der Sieger mit ihr in eins der oberen Gemächer zurück oder wird der Tisch zum Bett zu aller Vergnügen?

„Wenn die Viere so fröhlich beisammen sind", überlegte Hans laut, „da wird doch jedes einzelne Stück Klamotte, das geopfert werden muss, mit einem ordentlichen Schluck begossen."

„Eben", setzte ich seine Überlegung fort. „Dann kann aber nicht aus jener Flasche eingegossen worden sein, die auf dem Tisch stand. Denn dann hätte bereits der erste Schluck Wirkung gezeigt."

„Er hat zwei Flaschen Mandellikör bei Thomas gekauft, sagst du", schlussfolgerte Hans.

Ich schüttelte den Kopf. „Eine, hat Thomas gesagt. Eine."

„Und Frau Apothekerin die zweite", sinnierte Hans.

„Als die erste Flasche leer war, kam die zweite auf den Tisch."

„Die mit dem Zyankali," schlussfolgerte Hans. „Wäre doch denkbar, dass die Apothekerin ihrem Mann die von ihr gekaufte Flasche neben die bereits von ihm erworbene gestellt oder gegen eine zweite aus seinem Bestand ausgetauscht hat."

„Frau Schildheim soll uns sagen, wo die von ihr gekaufte Flasche ist."

„Wenn sie sie nur ausgetauscht hat, sehen wir alt aus." Hans blieb skeptisch.

Ich nickte und fuhr in unserem vorherigen Szenarium fort. „Flasche eins ist leer, Flasche zwei kommt auf den Tisch."

„Genau!", bestätigte Hans. „Da waren die schon leicht angedüst und schluckten ahnungslos den Likör aus der neuen Flasche. Wo haben die das Leergut gelagert?" Er ging durch den Raum zum hinteren Teil, wo sich unter der Empore die offene Küche befand. Ich hörte das Klirren von aneinanderstoßenden Flaschen. Dann tauchte Hans hinter dem Tresen wieder auf und hielt triumphierend eine leere Likörflasche hoch, die der bei unserem Eintreffen auf dem Tisch stehenden glich. „Bingo!"

Man war also fröhlich zugange gewesen. Die erste Flasche hielt nicht lange vor. Eine zweite musste her. Und das war die Mordwaffe. Wer hatte sie präpariert? Wer hatte sie auf den Tisch gestellt? Von wem wurden die Gläser gefüllt? Es konnte sein, dass einer der vier das giftige Getränk mitgebracht hatte. Der Apotheker in Unkenntnis einer Manipulation, die seine Frau vorgenommen hatte? Es konnte genauso gut sein, dass diese Flasche vorsorglich und vor Eintreffen der Gäste hinter dem Tresen deponiert worden war von einer Person, Mann oder Frau, die um die Vorliebe der Runde ausgerechnet für Mandellikör wusste. Aber dann hat die Flasche bereits griffbereit hinter dem Tresen gestanden, als die vier ins Forsthaus kamen. In diesem Fall kamen nur zwei Personen infrage, nämlich die, welche Zugriff auf den Schlüssel für das Forsthaus hatten. Aber welchen Grund sollten die beiden Zeisigs oder einer von ihnen haben, eine solche Untat zu begehen, zumal der Verdacht sehr schnell auf sie fallen würde?

„Wir müssen endlich herausfinden, wer alles außer dem Apotheker noch zu dieser merkwürdigen Runde gehört hat", fuhr Hans in unseren Überlegungen fort. „Schraps hat den Hut verloren, du darfst sie vögeln. Leute gibt es!" Er schüttelte sich unwillig.

„Wenn Pauses Bekannte aus Riga anruft und sagt, wem das Hüftgelenk eingebaut worden ist, sind wir ein wesentliches Stück weiter", stellte ich fest. „Kennen wir den Zweiten, finden wir den Dritten und hoffentlich auch die Vierte, die Frau. Was ist mit der Auskunft des Betreibers von dem Handy des Apothekers?"

Hans verstaute die von ihm gefundene Flasche in eine Plastiktüte. „Elke ist dran. Aber so ohne weiteres geben die keine Auskunft. Da müsste der Oberstaatsanwalt ein bisschen Dampf machen."

„Ich kümmere mich drum." Im großen Raum und hinter dem Tresen war mit weiteren Details nicht mehr zu rechnen. „Gehen wir nach oben", schlug ich vor. „Elke und ihre Truppe haben zwar gründliche Arbeit geleistet, aber manchmal finden wir blinden Hühner doch noch eine Flasche Korn, die die Spezialisten übersehen haben."

„Oder eine Flasche Mandellikör", kalauerte Hans. Ich machte ihm die Freude, darüber zu lachen.

Die Schlafräume waren aufgeräumt, die Betten samt Laken abgezogen. Die Bettwäsche wurde noch gründlich auf relevante Spuren von Elkes Truppe untersucht. Im Bad fiel uns beiden sofort auf, dass nichts auf eine weibliche Person schließen ließ. Offensichtlich waren ihr die eigene Zahnbürste und ihre Kosmetika zu wichtig, um sie stehenzulassen. Oder sollten wir das nur glauben?

„Vier oder fünf, ja, das ist die Frage", philosophierte Hans shakespearisch.

Ich musste lachen. „Du wilderst in meinem Revier, mein Lieber. Ich bin der Zitaterich!"

Die Spurensicherung hatte ganze Arbeit geleistet. Wir wussten, dass Elke keine Nachlässigkeiten zuließ. Wir hatten aber auch nicht den Ehrgeiz, Nachlässigkeit herauszufinden. Die Sache mit der zweiten Flasche, die wir im Mülleimer gefunden hatten, war schon ein nennenswerter Erfolg.

Plötzlich hörte ich ein knatterndes Geräusch, das sich dem Haus näherte. Der Förster? Ich blickte vorsichtig aus einem der oberen Fenster. Überrascht fragte ich Hans, ob er den Schneepflug ein zweites Mal bestellt hatte. Habe er nicht, antwortete er, aber auf Achim sei eben Verlass. Es wäre nicht notwendig gewesen. Hoffentlich bekommen wir nicht zwei Rechnungen gestellt.

„Na, hör mal", protestierte Hans entschieden, „das ist eine der Aufklärung eines kapitalen Verbrechens geschuldete Maßnahme der städtischen Behörde! Das weiß Achim. Der stellt keine Rechnung."

Ich merkte wieder einmal, dass in Weimar die Uhren etwas anders ticken als im hektischen Berlin. Hier funktioniert manches noch auf Zuruf, wofür es im hauptstädtischen Betrieb ein Dutzend Anträge, Formulare und Gesuche geben musste.

Wir gingen wieder nach unten. Hans nahm die aus dem Container gesicherte Flasche an sich. Ich knipste das Licht aus, schloss die Tür, indem ich den Schlüssel zweimal umdrehte. Danach brachte ich ein neues Siegel an.

Der Fahrer des Schneepflugs öffnete die Kabinentür und fragte laut, den Lärm seines Fahrzeugs übertönend: „Alles klar auf der Andrea Doria?"

Hans bedankte sich. „Du hast der Ermittlungsbehörde einen wichtigen Dienst erwiesen. Das ist übrigens mein Chef, Hauptkommissar Ponte." Ich grüßte Achim, indem ich zwei Finger an die Wintermütze legte. Achim freute sich und grüßte zurück. Ich weiß, dass ich noch Jahre brauchen werde, bevor ich so gute Kontakte zu den Weimarern bekomme wie Hans.

Achim bot uns an, hinter ihm bis zur Hauptstraße in der Spur zu bleiben. Sicher ist sicher, dachte ich, und wir folgten ihm. Während wir fuhren, hingen Hans und ich unseren Gedanken nach, die sich um die Ereignisse im alten Forsthaus drehten. Plötzlich sagte Hans: „Ich glaube, da will uns jemand ganz gewaltig verarschen."

Ich nickte, wartete aber mit einer Antwort, weil ich Hans inzwischen gut genug kannte. Sein Verstand arbeitet präzise, nur nicht übermäßig schnell und manchmal auf sehr merkwürdigen Umwegen.

„Da will uns jemand ganz gewaltig verarschen", wiederholte er. „Oder was meinst du?"

Das Gefühl hatte ich auch. „Aber wer?"

„Irgendeiner will uns glauben machen, dass es die Frau war. Er vergiftet auch sie, lässt aber alle Spuren breit wie eine Autobahn unberührt und legt vielleicht sogar besonders auffällige. Aus dem Bad entfernt er ihre Kosmetika, damit wir denken, keine Frau lässt ihren Lippenstift im Stich. Dann packt er die Tote in sein Auto und entsorgt sie irgendwo im Wald. Es schneit heftig. Er weiß, dass es schwer sein wird, eine gut verscharrte Tote im verschneiten Winterwald zu finden. Vielleicht kennt er das Revier sogar recht gut und weiß, wo zuletzt gesucht würde. Dann fährt er seelenruhig nach Hause. Er hat sein Mütchen gekühlt an den vier Forsthausgästen."

„Und wer soll dieser Er sein? Oder doch eine Sie?"

„Die fünfte Person. Wahrscheinlich ist es wirklich eine Frau. Giftmord, das ist besonders heimtückisch. Männer schlagen tot oder erschießen." Hans war von seiner Theorie überzeugt. Er konnte recht haben.

„Aber es konnte auch ganz anders gewesen sein."

„Und wie anders?"

„Aus irgendeinem Grund, den wir noch nicht kennen, weil wir noch nicht wissen, wer die Person ist, hat sie – also die Person – die drei Männer vergiftet. Dann hat sie alles so drapiert, dass wir annehmen sollen, auch sie sei ein Opfer des Giftanschlags. Der Lippenstift am Glas. Sie geht davon aus, dass wir keine Ahnung haben können, wer sie ist. Besondere Vorsicht hinsichtlich ihrer Identität muss sie nicht walten lassen. Ich bin überzeugt, dass Elke sämtliche Dateien durchspielen kann, ohne auch nur den geringsten Hinweis auf die Frau zu finden."

Hans dachte über meine Variante nach und schloss unser beider Überlegungen mit einer Redewendung ab, die ich irgendwann einmal benutzt hatte, und die zum geflügelten Wort in unserem Team geworden ist: „Kann sein, kann aber auch nicht sein." Wir einigten uns auf die Feststellung, dass wir außer Spekulationen über den Tathergang kaum etwas Belastbares in der Hand hatten.

Elke rief an. „Ich habe die Apothekerin nach der Flasche Mandellikör gefragt. Ja, sie hätte auf Bitten ihres Mannes eine Flasche in der Wielandstraße gekauft und sie ihm auf die Treppe gestellt. Er muss sie dann in seine Etage mitgenommen haben. Das klingt mir aber etwas merkwürdig. Erstens reden die beiden kaum ein Wort miteinander, wenn es nicht um die Apotheke geht. Haben geredet", korrigierte sie sich. „Zweitens würde sie gesagt haben, er solle sich seinen Schnaps bitteschön selber holen. Und drittens ist nirgendwo im Haus Schildheim eine Flasche Mandellikör zu finden."

Wir sahen uns ziemlich hilflos an. Hans brach als erster das Schweigen. „Rekapitulieren wir: Frau Schildheim kauft am Mittwoch eine Flasche von dem Zeug bei deinem Freund Thomas. Am Donnerstag kommt Herr Schildheim, und kauft ebenfalls eine Flasche. Frau Schildheim stellt die von ihr gekaufte Flasche auf die Treppe zur oberen Etage. Frau Schildheim ist Apothekerin. Sie kommt relativ leicht an Zyankali."

„Und das", fuhr ich fort, „praktiziert sie in die von ihr gekaufte Flasche. Ihr Mann nimmt nichtsahnend diese und die von ihm gekaufte Flasche mit ins Forsthaus zum Pfänderspiel. Ein Kleidungsstück fällt, ein Schluck Mandellikör hinterher. Die erste Flasche ist leer. Die zweite wird ..." Aber da unterbrach ich meine Überlegung. „Nee, im Müllcontainer lag eine solche Flasche. Die muss jemand nach den Morden entsorgt haben. Das kann weder Frau Schildheim noch einer der beiden Zeisige gewesen sein. Dafür reichte die Zeit nicht aus, falls Pauses Berechnungen stimmen."

„Die stimmen!", verteidigte Elke ihren Freund entschieden.

„Der Meinung bin ich ja auch", unterstützte sie Hans. „Irgendwie drehen wir uns im Kreis. War es die Frau mit dem Lippenstift, die alles so arrangiert hat, dass wir glauben sollen, sie sei ebenfalls ein Opfer, aber zur Verdeckung eines Verbrechens beseitigt worden? Oder", Hans machte eine Pause. „Oder es gibt eine fünfte Person, von der wir bisher nichts wissen und von der wir auch keine Spuren gefunden haben."

Ich nickte. „Da steh ich nun, ich armer Tor, und bin so klug als wie zuvor."

„Wenn der nicht seinen Goethe hätte!", sagte Hans amüsiert zu Elke. Aber vielleicht war er auch nur froh, den Verfasser des Zitats zu kennen.

Als wir uns der Hauptstraße Richtung Weimar näherten, wo wir uns mit einem Blinken der Scheinwerfer bei dem Fahrer des Räumfahrzeuges bedankten, fragte ich Hans: „Für wann hast du dich mit Frau Zeisig in Bad Berka verabredet?"

„Morgen Vormittag. Sie ist heute in Potsdam", antwortete er. „Warum fragst du?"

Ich kam nicht dazu, ihm zu antworten, weil uns ein großer Lkw auf der glatten Straße mit überhöhter Geschwindigkeit überholte und ich zu tun hatte, nicht gegen den aufgehäuften Schneewall gedrückt zu werden. Hans gebrauchte einen derben Ausdruck. „Hast du das Kennzeichen erkannt?"

Ich winkte ab. „Ja. Bringt trotzdem nichts. Oder wolltest du ihm drei Knöllchen aufs Auge drücken?"

Als ich in der Belvederer Allee, bevor sie in die Marienstraße übergeht, links blinkte und in die Berkaer Straße einbog, sah Hans überrascht auf, weil ich nicht bis zur Ackerwand weiterfuhr, um auf kürzestem Weg zu unserer Dienststelle zu kommen.

Hans begriff das Manöver. „Bad Berka?"

Ich nickte bestätigend. „Dort liegt der Schlüssel. Symbolisch wie real. Vielleicht hat das Wetter sein Gutes und Frau Zeisig ist gar nicht mit dem Auto oder dem Zug nach Potsdam gefahren. Oder es ist jemand da, der an ihrer Stelle Auskunft geben könnte. Irgendwo muss doch das Ende des verdammten Fadens zu finden sein, mit dem wir uns in diesem Labyrinth orientieren können."

Wir fuhren die Berkaer Straße hoch und gelangten nach Gelmeroda. Die Kirche des kleinen Ortes, der noch zu Weimar gehört, ist durch Lyonel Feiningers Bilder zu Weltruhm gelangt. Kurz danach unterquerten wir die Autobahnbrücke der A4. Die ersten Häuser von Legefeld tauchten auf. Am liebsten hätte ich einen kurzen Abstecher nach rechts zur Restaurationswerkstatt der Klassikstiftung gemacht, um Lilli Hallo zu sagen. Aber das unterließ ich, weil es ihr bestimmt nicht recht gewesen wäre, während der Arbeit gestört zu werden. Ich hätte es schließlich auch nicht gern, wenn sie mich in der Dienststelle besuchte, weil sie gerade mal in der Nähe im Atrium einkaufen war.

Hinter Legefeld ging es steil bergab bis zum Bahnübergang der Strecke, die Weimar mit Kranichfeld verbindet. Von da an stieg die Straße zum Hexenberg steil und kurvenreich an. Sie war gut geräumt und gestreut. Wie das früh um fünf Uhr aussieht, wenn die ersten von oder nach Bad Berka unterwegs sind, wollte ich mir angesichts der Schneemassen lieber nicht vorstellen.

Als wir die Höhe erreicht hatten, blickten wir vom Waldrand auf die verschneite Stadt hinab. Es hatte aufgehört zu schneien und der Himmel war fast wolkenlos. Die Sonne ließ die schneebedeckten Dächer glänzen. Ich erinnerte mich, dass mein Vater an dieser Stelle häufig eine Rast eingelegt hatte, wenn er mit uns in seinem klapprigen F9 unterwegs war. Am liebsten wäre er mit uns den ganzen Rundweg um den Berg herumgewandert, aber da streikte Mutter, wofür ich ihr sehr dankbar war. Gewissermaßen zur Strafe mussten wir uns einen Kurzvortrag über Goethe und die Berkaer Schwefelquellen anhören, wie sie sich in den austrocknenden Teichen manchmal zeigten und die Benutzung derselben zum Heilbade Gelegenheit gab. Weil ich in Erinnerung an meinen Vater, der bei solchen Anlässen gern in Goethesche Diktion verfiel, wobei man nie wusste, ob er zitierte oder kopierte, schmunzeln musste, fragte Hans überrascht: „Ist was?"

„Goethe", sagte ich. „Er hat diese Stadt gemocht. Und die Stadt hält sich viel auf sein Wirken zugute. Goethebrunnen, Goethequelle, Goethepark. So geschieht das manchmal, wenn aus einem hässlichen Entlein ein stolzer Schwan wird." Goethe war ursprünglich ganz entschieden dagegen, einen Kur- und Heilbetrieb in Berka einzurichten, was den 60-jährigen, schon etwas fülligen Herrn Geheimrat aber nicht daran hinderte, seine strapazierten Glieder in eben dieser Stadt kurieren zu lassen.

Es ist aber auch ein traumhaft schöner Blick von hier oben. Da fiel mir plötzlich ein, dass Hans' Frau ihr letztes halbes Jahr hier in der Zentralklinik gelegen hatte ohne Aussicht, sie je wieder gesund verlassen zu können. So ist das mit den Erinnerungen.

„Können wir?", fragte Hans, dem ganz und gar nicht nach nostalgischer Erinnerung war. Ich wusste nicht, ob ich an die Wunde rühren oder die Situation einfach überspielen sollte. Etwas forscher als gewollt sagte ich: „Wir können."

So fuhren wir, jeder mit seinen Gedanken beschäftigt, die Straße hinab und erreichten nach nicht einmal zehn Minuten das Forstamt.

Im einstigen Edelhof an der Ilmstraße, wo Goethe gern und oft Quartier genommen hatte, war im Jahre 1864 die herzogliche Forstinspektion eingerichtet worden. Schon rein äußerlich deutete das Geweih eines kapitalen Sechzehnenders über der Eingangstür auf die Nutzung des Gebäudes hin.

Zu unserer Verblüffung empfing uns Frau Zeisig bereits in der Eingangshalle. Ich hatte also richtig vermutet, dass sie wegen des immer wieder einsetzenden Schneetreibens und den gelegentlichen Verwehungen auf die Fahrt nach Potsdam verzichtet hatte, denn dass sich das Wetter ändern würde, war am Morgen noch nicht abzusehen gewesen.

Man hat oft eine bestimmte Vorstellung von einem Menschen, den man treffen will. Frau Zeisig passte so ganz und gar nicht in dieses Bild. Ich dachte, sie könnte eine durchaus stattlich Frau mit einem runden, pausbäckigen Gesicht sein. Um die Augen zahlreiche Lachfalten, mit kräftigen, zupackenden Händen. Eben die Frau eines Försters, die auch mit Axt und Säge umgehen kann, wenn es notwendig ist. Aber sie war gut einen Kopf kleiner als ihr Mann, zierlich und sogar ein bisschen quirlig. Unseren überraschenden Besuch nahm sie für selbstverständlich. Sie wäre morgen, sagte sie, ohnehin in Weimar gewesen, um bei uns reinzuschauen.

Nun, reinschauen war wohl das falsche Wort für unsere Absicht, sie zu den Vorgängen im Forsthaus zu befragen, aber es klang jedenfalls nicht verklemmt oder eingeschüchtert, wie ich es oft erlebe, wenn ich sage, wer ich bin und was ich will.

„Tja, der Herr Apotheker", sagte sie und seufzte. „So schnell geht das oft. Aber wissen Sie, mir ist sogar manchmal richtig bange."

Das musste sie uns erklären.

„Nun ja, ich sehe es den Leuten an, dass etwas Schlimmes mit ihnen passieren wird. Ich sehe es ihnen an. Und dann passiert so etwas. Da muss einem doch bange vor einem selber werden." Dann blickte sie mich direkt an und lachte: „Nicht erschrecken, Herr Ponte, Sie werden alt." Und mit einem schnellen Blick zu Hans fügte sie hinzu: „Sie auch." Das klang aber weniger überzeugend.

Ihre Prognose quittierte ich mit einem freundlichen Lächeln. Gut, werde ich eben hundert Jahre alt. Ich ging aber nicht auf ihre speziellen Fähigkeiten ein. „Der Herr Apotheker Schildheim", erkundigte ich mich. „Sie kannten ihn gut?"

„Gut", sagte sie und wiegte bedächtig den Kopf. „Wie man eben Leute kennt, mit denen man gelegentlich zu tun hat. War ein feiner Herr, sogar ein Doktor. Aber immer so traurig."

„Warum war er denn immer so traurig?“, erkundigte sich Hans.

„Ich möchte ja nichts gesagt haben“, wollte sie um die Sache herumreden, entschloss sich dann aber doch, ihren Eindruck vom Herrn Apotheker zu beschreiben. „Wissen Sie, traurig war er eben. Also nicht, dass man ihm das direkt ansah. So innerlich traurig, verstehen Sie? Immer höflich, aber mit einer leisen Stimme. Ich hab's ihm an den Augen angesehen. Er war unglücklich, stimmt's?“

Auf Menschen mit einem zweiten Gesicht reagiere ich stets vorsichtig. Ich hatte zu oft erlebt, dass sie Dinge sahen, die unsereiner nicht sieht oder erst dann, wenn sie geschehen sind. Derlei Spökenkiekerei, wie man im hohen Norden sagt, erschüttert mein materialistisches Weltbild. Von wegen zwischen Himmel und Erde und Schulweisheit, Herr Shakespeare!

„Kennen Sie seine Frau? Eine sehr elegante Dame. Aber mit der würde ich nicht konditern gehen. Entschuldigung“, rückte sich Frau Zeisig selber zurecht. „Ich rede mal wieder zu viel. Was hatten Sie gefragt?“

Eigentlich hatten wir noch gar nichts gefragt. „Der Schlüssel“, kam ich auf den Grund unseres Besuches zurück. „Sie geben den Schlüssel für das Forsthaus heraus?“

Das bestätigte sie. Und es sei immer alles korrekt zugegangen, baute sie einer möglichen Frage vor. Wir könnten gern die Bücher einsehen. Alles korrekt!

Unkorrekte Buchführung würden wir ihr nie unterstellen, beruhigte ich sie. „Der Herr Apotheker", nahm ich ihre Redeweise auf, „war er es immer, der den Schlüssel holte oder ist manchmal auch ein anderer gekommen?"

Es war stets der Herr Apotheker. Und es sei immer alles korrekt zugegangen. Das wiederholte sie. Nie gab es Beschwerden. Die Zimmer seien jedes Mal in einem ordentlichen Zustand übergeben worden. Selbst das Geschirr hätte sauber in den Schränken gestanden. „Na ja", sagte sie lachend, „da merkte man schon, dass eine Frau dabei war."

Der Hinweis ließ uns aufhorchen. „Eine Frau?", fragte Hans, als hätte er es nicht gewusst. „Kannten Sie sie auch?"

Frau Zeisig bedauerte, damit nicht dienen zu können. Sie habe sie nur ein oder zwei Mal gesehen. Allerdings auch nur von weitem. Beschreiben könne sie sie nicht. Und wie sie heißt, wisse sie auch nicht. Die Herrschaften blieben stets im Auto sitzen. Nur der Herr Apotheker sei ins Haus gekommen. „Wieso? Ist was mit ihr?"

Wusste sie nichts oder tat sie nur so, als wäre ihr gar nicht bekannt, was am Wochenende im alten Forsthaus geschehen ist?

„Hat Ihnen Ihr Mann gar nichts erzählt?"

„Nicht so richtig", erklärte sie. „Mein Mann ist gestern spät zurückgekommen und heute früher als sonst aus dem Haus gegangen wegen des Wetters. Der redet nicht viel. Ist was mit der Frau?"

„Wann hat denn Ihr Mann gestern die Wohnung verlassen, um zum Forsthaus zu fahren?", wollte ich wissen.

Sie überlegte kurz. „Wir essen am Sonntag immer zwölf Uhr zu Mittag. Dann legt er sich meistens für eine Stunde auf die Couch. Aber gestern war er ziemlich unruhig. Er wollte nicht zu spät zum alten Forsthaus fahren wegen des Wetters und so, hat er gesagt. Spätestens um zwei. Eher früher. Das schneite aber auch! Erst gar nicht und dann alles auf einmal. Und nun scheint wieder die Sonne. Nein, so richtig gesehen habe ich die Frau nicht, wie gesagt. Die blieben alle drei im Auto sitzen."

Als sie sagte, wann ihr Mann spätestens die Wohnung verlassen hatte, wechselten Hans und ich einen schnellen Blick. Beide vermieden wir es aber, sie auf die unterschiedlichen Zeitangaben von ihr und ihrem Mann hinzuweisen. Eine Differenz von etwa zwei Stunden. Das muss er uns erklären, der Herr Oberförster.

Um keinen Zweifel aufkommen zu lassen, ließ ich mir die Zeit noch einmal von ihr bestätigen, wann ihr Mann das Haus verlassen hat. Sie blieb bei vierzehn Uhr. „Und wann ist er zurückgekommen?"

„Fragen Sie mich lieber nicht. Er war völlig durch den Wind. So habe ich meinen Mann noch nie gesehen. Es muss vor sechs gewesen sein. Aber was genau passiert ist, kann ich Ihnen gar nicht sagen. Wissen Sie, mein Mann hat es nicht so mit dem Reden."

Mir genügte die Zeitangabe. Danach lag zwischen seiner Abfahrt vom Forsthaus bis zu seiner Ankunft zu Hause eine Stunde, vielleicht sogar etwas mehr. Offensichtlich hatte auch Hans insgeheim gerechnet und war zu einem ähnlichen Ergebnis gelangt. Ich kam auf ihre Beschreibung zurück, dass drei Personen in dem kleinen Auto gesessen haben, während der Herr Apotheker den Schlüssel für das alte Forsthaus holte.

„Können Sie sich an das Auto erinnern? Vielleicht sogar an das Kennzeichen?", wollte Hans wissen.

Sie überlegte. „Blau war es, ein helles Blau. Mittelgroßer Wagen. Aber fragen Sie mich nicht, was es für ein Typ gewesen ist. Nichts Auffälliges, nichts Protziges. Kennzeichen? Nein. Ich habe aber auch gar nicht darauf geachtet. Wissen Sie, an dem Tag war hier mächtig was los. Ich habe den Schlüssel rausgegeben und mich verabschiedet. Es muss das Auto der Frau gewesen sein, denn die saß hinter dem Steuer. Ja. Der Apotheker hat einen viel größeren Wagen, das weiß ich. Einen schwarzen oder so. Er schien es eilig zu haben. Das Wetter, wissen Sie. Es deutete sich bereits an. Und dann ging es ja auch bald los.

Mein Gott, so viel Schnee auf einmal und auch noch Anfang November. Ich kann mich gar nicht erinnern, wann es das schon einmal gegeben hat."

Ich unterbrach ihren Redefluss. „Waren sie immer zu viert oder manchmal auch zu fünft? Letztes Wochenende zum Beispiel."

Sie schüttelte den Kopf. „Zu fünft? Die hätten doch in den kleinen Wagen gar nicht reingepasst. Also, der Herr Schildheim, was der Apotheker ist, der fuhr einen großen Wagen, so einen schwarzen. Wie gesagt. Aber letzten Freitag, da saß die Frau am Steuer von so einem kleinen blauen Auto. Polo, glaube ich. Jetzt fällt es mir wieder ein, weil meine Kollegin auch so einen hat. Sonst wüsste ich das nicht. Also, da passen keine fünf Leute rein, Herr Kommissar. Stimmt, ich habe mich noch gewundert, dass es offenbar ihr Auto sein musste. Also das von der Frau, nicht von meiner Kollegin." Aber sie habe vergessen, den Herrn Apotheker zu fragen, warum sie den kleinen Wagen genommen haben. Noch dazu bei dem Wetter, das am Himmel stand. „Es geht mich aber auch nichts an. Oder ist das wichtig für Sie, Herr Kommissar?"

Ich beruhigte sie. Ihre Angaben über den Autotyp und dessen Farbe wären bereits hilfreich für unsere Ermittlungen. „Wissen Sie zufällig, wo sich Ihr Mann gerade aufhält, Frau Zeisig?", wechselte ich das Thema.

Sie lachte. „Was heißt zufällig. Ich weiß eigentlich immer, wo er ist. Hier", sie zeigte auf die große Karte an der Wand, auf der das gesamte Revier mit seinen fast 19.000 Hektar Wald- und Ackerfläche abgebildet war. „In der Gegend von Buchfart. Bei dem Wetter müssen unsere Förster ihre Reviere gut im Blick behalten. Die Schneemassen haben schon manchen Baum zu Fall gebracht. Wenn der auf eine Bahnlinie stürzt, ist Eile geboten. Da müssen die Räumkommandos mit Motorsägen und schwerer Technik anrücken, um schlimme Unfälle zu verhüten beziehungsweise die Gleise zu räumen."

„Können Sie Ihren Mann telefonisch erreichen, Frau Zeisig?", wollte ich wissen.

„Ja", sagte sie gedehnt. „Ja, könnte ich." In dem Ja klang die Frage mit, warum ich das wissen will. Hatte sie Grund, unruhig zu sein? War die Munterkeit, mit der sie bisher erzählt hatte, nur vorgetäuscht, um eine begründete Sorge zu überspielen?

„Es ist nichts, weswegen Sie sich Sorgen machen müssten, Frau Zeisig. Ich hätte nur noch ein paar Fragen zu gestern." Ich blieb bei meinem verbindlichen Gesprächston. Zwar hatte ich keinen Grund, ihr zu misstrauen, aber Gutgläubigkeit ist keine lässliche Sünde für einen Kriminalisten, zumal unser bisheriges Wissen über die Vorgänge im Forsthaus sehr dürftig war.

Sie glaubte mir wahrscheinlich nicht. „Er war doch heute früh bei Ihnen?", fragte sie misstrauisch.

Das bestätigte ich. Aber es seien noch zwei, drei Fragen aufgetaucht, die nur er beantworten könne.

„Soll ich ihn anrufen?" Da wählte sie bereits seine Nummer mit der Kurzwahltaste. „Fritz? Wo bist du gerade?" Sie wartete seine Antwort ab und wiederholte sie für uns. „Buchfart, sage ich doch. Wollen Sie ihn sprechen?" Sie hielt mir das Telefon hin.

„Sagen Sie ihm einfach, er möge möglichst heute noch einmal zu uns kommen. Routinesache. Nichts, was ihn beunruhigen müsste. Sagen Sie ihm das."

Das richtete sie ihrem Mann aus und beendete das Gespräch. Ihr Gesichtsausdruck verriet, dass sie meine Frage nicht für so harmlos hielt, wie ich sie erscheinen lassen wollte. Womit sie durchaus recht hatte. Die zwei Stunden vor den Morden und die reichliche Stunde nach seiner Wegfahrt musste er mir erklären.

Ich blickte auf die Uhr. Es war Zeit zurückzufahren. Das Gespräch hatte uns interessante Details geliefert. Ich blickte mich um. „Ein schönes Haus. Hier kann man sich wohlfühlen." Ich dachte an unsere kargen Amtsstuben und die schmucklosen, kalkweiß getünchten Flure.

„Ja, darum beneiden uns viele", bestätigte Frau Zeisig, die meinen Blick bemerkt hatte. „Aber so ein altes Haus hat auch seine Macken."

„Wann war er denn das letzte Mal hier?", wollte ich wissen.

„Der Herr Apotheker?"

„Goethe", sagte ich lachend.

Sie nahm die Frage ernst. „Am 28. Oktober 1831. Aber wenn Sie es keinem weitersagen", sie senkte verschwörerisch ihre Stimme, „da hat er im neuen Badehaus zu Mittag gegessen, leider nicht bei uns. Der Herr Geheime Rat war wohl sehr eigen, wie man hört."

Auf der Rückfahrt rekapitulierten wir das Gespräch. Frau Zeisig hatte uns mehr erzählt, als sie vermutlich selbst wusste. Nicht der Apotheker hatte die anderen in seinem großen Wagen mitgenommen, sondern die Frau in einem kleinen blauen Polo. Davon gab es sicherlich mehr als drei im Umkreis, aber Recherchearbeit ist eben ein ebenso notwendiges wie mühsames Geschäft. Das war doch schon mal eine Spur, wenn uns Frau Zeisig auch sonst nichts über die Frau und die beiden anderen Insassen erzählen konnte.

„Jetzt müssen wir nur noch alle blauen Polos im Umkreis von 50 Kilometern checken", sagte Hans sarkastisch, als hätte er meine Gedanken lesen können.

„Wenn es ein blauer Polo war und nicht etwa ein grüner Clio", ging ich auf seinen Ton ein.

„Du erst!"

Wir kamen aber schnell auf die Ernsthaftigkeit unseres Falles zurück. Zeisig hatte gesagt, dass er das Haus erst betreten hatte, als das Verbrechen bereits geschehen war, aber wenn er mit der Zeitangabe gelogen hatte, hatte er uns vielleicht auch in anderen Punkten nicht die Wahrheit gesagt.

Zeisig fährt kurz vor zwei Uhr zu Hause los, versuchte ich ein passendes Szenario zu entwickeln. Er kennt die Vorliebe seiner Gäste für Mandellikör. Sie sind nicht zum ersten Mal Gäste des Forstamts. Eine entsprechend präparierte Flasche nimmt er mit zum Forsthaus. Dort sind die Vier ausgelassen um den großen Eichentisch versammelt. Schraps hat den Hut verloren. Hallo, Herr Zeisig! Haben Sie den Nachschub mitgebracht? Aber immer, meine Herrschaften, aber immer! Was die Vier treiben, ist ihm egal. Oder er sieht zu, wie die Kleidungsstücke eins nach dem anderen geopfert werden müssen. Die Flasche ist leer, Herr Zeisig! Keine Panik, Herrschaftsleut, ich habe die nächste doch schon parat. Er schenkt ein. Trinken Sie mit? Nein, ich muss noch fahren. Auf Ihr Wohl! Er sieht zu. Er delektiert sich am Todeskampf der vier Personen. Der Apotheker kippt zur Seite. Er fällt samt Stuhl um. Die Opfer des Giftanschlags kämpfen verzweifelt um ihr Leben. Ein aussichtsloser Kampf. Nun sind sie tot. „Und warum das alles?“, fragte ich Hans. „Was soll das Motiv sein?“

Er wusste keine Antwort.

„Und die Frau? Warum inszeniert er alles so, dass wir glauben sollen, sie sei die Mörderin, indem er sie wegbringt und irgendwo im Wald verscharrt oder versteckt? Er hat mindestens eine bis anderthalb Stunden Zeit."

Hans dachte angestrengt nach. Plötzlich sagte er: „Mist! Das Auto. Der blaue Polo. Er wird ja wohl nicht zwei Autos auf einmal gefahren haben."

Meine schöne Theorie ging nicht auf. Sollte es wirklich der Förster gewesen sein, der die Morde begangen hatte, wofür wir bisher gar kein Motiv finden konnten, dann hätte er nicht nur die Frau, sondern auch ihr Auto entsorgen müssen, und zwar nicht bloß um die Ecke. Wie kam er dann wieder zurück zum Forsthaus, wo sein Auto stand? Fahrrad? Nicht bei dem Wetter.

Es gibt ein paar kleinere Teiche in der Umgebung, überlegte ich. Aber keiner davon dürfte tief genug sein, um ein Auto verschwinden zu lassen. Scheunen oder irgendwelche Wirtschaftsgebäude der Forstverwaltung? Da könnte man bei guter Vorbereitung vielleicht vorübergehend ein Fahrzeug verstecken, um es später wegzubringen.

„Ich kümmere mich", sagte Hans. „Und den Zeisig knöpfen wir uns diesmal etwas gründlicher vor. Der denkt wohl, wir setzen den Hut mit 'nem Kran auf!"

Nein, Förster Zeisig war es vermutlich nicht. Die uns bisher bekannten Puzzleteile ergaben noch kein komplettes Bild. Aber ich wollte Hans auch nicht ausbremsen. Erklären muss uns Herr Zeisig schon, wo er die uns unterschlagenen Zeiten vor unserem Eintreffen am Forsthaus und auch nach seiner Wegfahrt gewesen ist.

„Was verbindet die drei Männer mit der Frau?" Ich fand keine schlüssige Erklärung. „Das Motiv für die Tat muss innerhalb dieses merkwürdigen Quartetts zu finden sein."

„Warst du schon mal in einem Swingerclub?", fragte Hans zu meiner Überraschung.

Das verneinte ich. „Du?"

„Rein dienstlich, wirklich rein dienstlich. Da triffst du auf Gestalten, sage ich dir! Je öller, desto döller. Erzähl mir nichts von braven Familienvätern, Männern im gesetzten Alter und von Biedermännern mit Schlips und Kragen!"

„Du musst es ja wissen", erwiderte ich amüsiert. Aber da verzog er säuerlich das Gesicht. Hans konnte eigentlich nur auf Kosten anderer lachen. Doch seine Frage war gar nicht so abwegig. Wenn sich eine Frau mit drei Männern abseits jeder Beobachtungsmöglichkeit zum Pfänderspiel trifft, dann muss das einvernehmlich geschehen. Dafür spricht auch die Bemerkung von Frau Zeisig, dass eine Frau das Auto gefahren hat. Bis dahin waren die Bilder noch gut konturiert. Aber was geschah dann, vor Ort im Forsthaus, während oder nach dem Spiel, bei dem der Preis für den Sieger mit Sicherheit die Frau war? Freiwillig. Auch da hatte ich keine Zweifel. Welchen Grund sollte sie aber haben, ihre drei Mitspieler auf so grausame Weise umzubringen?

„Wenn sie es war", hielt Hans dagegen. „Es sieht vielleicht alles danach aus, weil es danach aussehen soll."

„Wer, wenn nicht sie?"

Hans zuckte mit den Schultern. „Elke hat sämtliche Spuren gesichert. Viel waren es nicht, wie du weißt. Immer wenn die Leute, die das Forsthaus gemietet haben, abgereist waren, kam Frau Zeisig, um sauber zu machen. Zwar kam sie nicht überall mit ihrem Lappen hin, aber bei den Spuren, die zum Beispiel an Türklinken gefunden wurden, waren einige, die nicht von den vier Pfänderspielern stammten, überdeckt. Was heißt, diese Menschen müssen vorher im Forsthaus gewesen sein und scheiden also aus."

Ich kannte Elkes Theorie. Eine fünfte Person hätte mit äußerster Vorsicht vorgehen müssen. Aber auch die gescheitesten Hühner scheißen mal ins Nest. Weil es aber ungeklärt war, wie eine fünfte Person die Morde begehen, die Frau mitnehmen und ihr Auto verschwinden lassen konnte, blieb der Verlauf nach den Morden reichlich diffus. Oder um im Bild zu bleiben: Wir hatten nichts als ein verwackeltes Foto, auf dem nur Schemen, aber keine klaren Konturen zu erkennen waren.

„Im Grunde bleibt nur einer übrig", stellte Hans fest. „Aber da spielt meine Nase nicht mit."

Als wir in der Dienststelle ankamen, wartete Förster Zeisig bereits auf uns. Er wirkte sehr nervös. Ob es wegen des Wetters war und der daraus folgenden Alarmbereitschaft, oder weil er wusste, dass er uns nicht die Wahrheit gesagt hatte, würde sich hoffentlich schnell herausstellen. Ich bat ihn in mein Zimmer. Hans kam ebenfalls mit.

„Herr Zeisig, das ist mein Dienstzimmer. Wenn mich Ihre Antworten auf meine Fragen überzeugen, können Sie gleich wieder in Ihr Revier fahren. Sonst wechseln wir ins Verhörzimmer", eröffnete ich das Gespräch.

Überrascht sah er mich an. „Verhör? Sie glauben doch nicht etwa, dass ich ..." Er vollendete den Satz nicht, weil er mit Entsetzen begriff, in welcher Lage er sich befand.

Ich ging nicht auf seine erstaunte Frage ein. „Herr Zeisig, Sie sind laut Aussage Ihrer Frau etwa 14 Uhr von zu Hause weggefahren und waren nach eigener Aussage gegen sechzehn Uhr im alten Forsthaus, wo Sie die drei vergifteten Personen vorfanden.

Die Fahrzeit von Ihrem Haus bis dorthin dauert bei diesem Wetter bestenfalls dreißig, vierzig Minuten. Richtig?"

Er rutschte unruhig auf seinem Stuhl hin und her. „Im Prinzip, ja."

„Aber?"

Er blickte mich nur hilflos an. „Hans", bat ich meinen Kollegen, „siehst du bitte nach, welches Verhörzimmer momentan frei ist?"

Hans spielte das Spiel mit. „Ist schon alles vorbereitet, Chef. Die Drei."

Ich machte Anstalten aufzustehen, als wollte ich mit ihm in die Drei wechseln.

„Warten Sie, bitte, Herr Kommissar." Dem Förster konnte man nicht ansehen, ob er blass geworden war. Die vielen Stunden an der frischen Luft hatten seiner Haut eine deutlich dunklere Farbe gegeben. Aber er atmete schwer. „Ich muss Ihnen da etwas erklären, Herr Kommissar."

„Nämlich?" Ich gab mir keine Mühe, einen besonders freundlichen oder verbindlichen Ton anzuschlagen. Ich spürte auch, wie mich die Gereiztheit anfasste, noch immer keinen Zugang zu dem Fall gefunden zu haben.

Zeisig druckste herum, ehe er sich zu einer Aussage durchringen konnte, die aber eigentlich eine Ausflucht war. Er bat dringend darum, dass seine Frau nichts davon erfahren dürfe.

„Herr Zeisig, das kann ich Ihnen nicht versprechen, zumal ich ja noch nicht einmal weiß, was Sie mir erzählen – oder welchen Bären Sie mir aufbinden wollen."

Sein deutlich verunsicherter Gesichtsausdruck änderte sich zusehends. Er presste die Zähne fest aufeinander, die Wangenknochen zeichneten sich deutlich ab, die Lippen wurden schmal. Er schwieg.

„Herr Zeisig, was darf Ihre Frau nicht wissen?"

Er schwieg.

„Gut", sagte ich. „Sie behaupten, erst gegen sechzehn Uhr im alten Forsthaus gewesen zu sein, sind aber mindestens zwei Stunden vorher von zu Hause weggefahren. Sie verweigern die Aussage über die fehlende Zeit. Wir ermitteln in drei, vielleicht sogar vier Mordfällen, Herr Zeisig. Sie haben kein Alibi oder wollen es uns nicht nennen. Ihre Entscheidung. Hans", wandte ich mich an meinen Kollegen, „Herr Zeisig bleibt vorerst hier. Kümmerst du dich bitte darum? Ich sage dem Haftrichter Bescheid."

Ich hatte die Hoffnung, die Ankündigung, dass wir ihn in Haft nehmen, würde Zeisig zum Reden bringen. Gestand er jetzt etwa, dass er die vier Menschen vergiftet und die Frau irgendwo im Wald vergraben hat oder wollte er den Grund nennen, warum seine Frau nicht erfahren durfte, wo er am Nachmittag des letzten Sonntags gewesen ist?

Er sah mich an. Sein Körper straffte sich. Noch bewegte er den Mund, als wolle er die Worte, die er zu sagen beabsichtigte, vorformen, weil es auf jede Silbe ankam. Dann redete er.

„Ich bin jetzt fünfunddreißig Jahre verheiratet", begann er. Die Stimme klang noch sehr unsicher. „Ich liebe meine Frau. Ich habe eine siebzehnjährige Tochter. Die lebt in Buchfart bei ihren Großeltern."

Er machte eine Pause und sah mich an, als müsste ich bereits begriffen haben. Ich wusste aber noch nicht, was er mir sagen wollte. Ich hielt seinem Blick stand und wartete.

„Ich war an dem Nachmittag bei ihr. Meine Frau weiß nichts davon."

So etwas kommt vor, dass ein Streit in der Familie Mutter und Tochter entzweit, worunter der Vater heftig leidet und heimlich den Kontakt hält.

„Sie weiß nichts davon." Den Satz musste er sich regelrecht abzwingen.

Ich verstand noch immer nicht. „Was darf Ihre Frau nicht wissen? Dass Sie Ihre Tochter besuchen?"

Da erzählte er mir die ganze Geschichte. Er hatte vor achtzehn Jahren an einer Fortbildung teilgenommen, die übers Wochenende in Potsdam veranstaltet worden war. Da gab es eine junge Kollegin. Man hatte am Abend zusammengesessen und noch etwas getrunken. Vielleicht etwas zu viel. Die junge Frau hielt sich sehr an seiner Seite. Sie war hübsch. Sie gefiel ihm. Und dann ist es eben passiert. Er dachte, es sei ein einmaliger Ausrutscher ohne Folgen gewesen. Das war es nicht. Er hatte zwar lange Zeit ein schlechtes Gewissen seiner Frau gegenüber, doch ihr von der Nacht mit der jungen Frau zu erzählen, traute er sich nicht. Allmählich vergaß er, was geschehen war. Jedenfalls dachte er kaum noch daran. Die junge Frau war auch nie wieder zu einer Fortbildung gekommen. Nach Jahren traf er sie wieder, zufällig. Sie besuchte mit ihrer damals zehnjährigen Tochter den Zoo in Erfurt, wo er dienstlich zu tun hatte. Es war ein eigentümliches Wiedersehen. Er erschrak zwar, aber es freute ihn auch. Sie begegnete ihm ohne Vorwurf und stellte ihm ihre Tochter vor. Man trennte sich wieder, wünschte einander alles Gute. Das war es.

Herr Zeisig machte eine kleine Pause, dann fuhr er fort: „Auf dem Heimweg fing ich an zu rechnen. Das Mädchen war zehn Jahre alt. Es könnte hinkommen. Glauben Sie mir, Herr Ponte, ich habe Blut und Wasser geschwitzt und war gleichzeitig auf eine seltsame Weise froh. Ich hatte eine Tochter. Das fand ich heraus, denn ich wusste, wo Inge wohnte, die Mutter des Mädchens. Vor einigen Jahren ist sie mit ihrer Tochter nach Buchfart gezogen. Das hatte sie mir erzählt. Inge hatte nie eine Forderung an mich gestellt. Ich bin nicht sehr oft in Buchfart, aber manchmal zieht es mich regelrecht dort hin. Letzten Sonntag war ich bei ihr. Sie können sie fragen."

Der Förster hatte die ganze Zeit gestanden. Gestanden im doppelten Wortsinn.

Ich gebe zu, dass mir seine Ehrlichkeit imponierte. Ich glaubte ihm. So etwas erfindet man nicht eben mal. Es musste ihn sehr viel Überwindung gekostet haben, mit der Wahrheit herauszurücken, und gleichzeitig verschaffte es ihm wohl eine enorme Erleichterung, endlich die Wahrheit gesagt zu haben. Ich hatte kein Recht, ihm Vorwürfe wegen seines Fehltritts zu machen. Das ging mich nichts an. Falls alles stimmte.

Hans, der im Zimmer geblieben war, antwortete statt meiner: „Das werden wir überprüfen, Herr Zeisig. Kommen Sie jetzt?"

„Sie können gehen, Herr Zeisig", sagte ich.

Er blickte mich überrascht an, er blickte Hans an und dann wieder mich. Gehen wohin? In die Zelle oder nach Hause?

„Wir werden das überprüfen, Herr Zeisig. Klären Sie das mit Ihrer Frau. Sie wird Ihnen schon nicht den Kopf abreißen. Sie müssen mit ihr reden. Fahren Sie nach Hause. Fahren Sie zu Ihrer Frau. Aber bleiben Sie für uns erreichbar. Vorbei ist es noch nicht, Herr Zeisig. Da gibt es noch reichlich Klärungsbedarf. Auf Wiedersehen." Ich reichte ihm die Hand. Er nahm sie dankbar an und erwiderte mit einem kräftigen Druck. „Danke, Herr Ponte." Er sprach mich nicht mit dem Dienstgrad an.

Als er den Raum in Begleitung des Beamten, der ihn zur Pforte brachte, verlassen hatte, sagte Hans: „Du bist ja gar nicht so ein harter Hund, wie ich gedacht hatte. Du lässt ihn laufen?"

„Ich glaube nicht, dass er mit den Morden etwas zu tun hat", begründete ich meine Entscheidung. „Aber er weiß etwas, was mit den Morden in Verbindung steht. Und das bekommen wir heraus. Er soll glauben, es sei alles vorbei."

„Ist es das nicht für ihn?"

„Irgendwo husten die Flöhe. Hans, bleib an ihm dran."

Er quittierte den Auftrag mit „Aye, aye, Sir".

Ich erzählte Lilli von dem Konflikt, in den der Förster geraten war. Sie hörte zu. Ein bisschen skeptisch, als lauere sie auf die Geschichte hinter der Geschichte. Aber nein, da war nichts. Ich hatte mir nichts vorzuwerfen.

„Warum machen das Männer?", fragte sie.

So einfach wollte ich es nicht haben. „Sie machen es mit Frauen. Und manchmal machen es Frauen mit Männern."

„Was glaubst du, wie Frau Zeisig reagieren wird, wenn sie es erfährt?"

Ich wusste es nicht. Ich wusste ja nicht einmal, ob sie es längst wusste. Dafür kannte ich sie zu wenig. Und auch ihn kannte ich kaum. Die Verfehlung lag Jahre zurück. Ich glaubte auch nicht, dass ihm das ein zweites Mal passiert ist. Es war, wie es so schön verniedlichend heißt, ein Ausrutscher. Ein einmaliger Ausrutscher.

„Und?", fragte Lilli. „Hattest du schon mal so einen Ausrutscher?"

Ich bereute fast, das Thema überhaupt angefangen zu haben, denn ihre Frage war durchaus ernst gemeint, wenn ich auch nicht glaubte, dass Lilli irgendwann den Verdacht gehabt haben könnte, dass ich fremdgegangen wäre. Was ich ja auch nicht bin. Aber wenn man sich in einer Sache verteidigen muss, in der man der Unschuldige ist, verhedderte man sich schnell, als wäre man tatsächlich schuldig. Das kannte ich aus zahlreichen Verhören. Die Unschuldigen benahmen sich häufiger verdächtig als die wirklich Schuldigen. Verlass war allerdings nicht auf diese Theorie.

„Weißt du", sagte ich vorsichtig und ahnte, dass das sehr dünnes Eis war, „ich will ja nicht behaupten, dass mir die eine oder die andere Frau nicht gefallen hat. Hätte gefallen können", korrigierte ich schnell, weil ich sah, wie Lilli die Augenbrauen hob. „Es gibt da eine ganz einfache Methode. Die hat jedenfalls bisher immer bei mir funktioniert. Ich stelle mir dann vor, dass du mich mit einem anderen Mann betrügst. Das törnt ab, kann ich dir sagen. Mächtig gewaltig."

Lilli sah mich von schräg nach links an. Ich wusste nicht, was sie dachte. Ich sah nur, dass ihre Mundwinkel ein ganz klein wenig nach oben zeigten und dass in ihren Augen kein Misstrauen lauerte. „Lass dich bloß nicht erwischen. Dann gibt es etwas mit der heißen Bratpfanne!"

Die Spannung war aus ihrem Gesicht gewichen. Lilli hatte keinen Grund, mir zu misstrauen.

„Nein", sagte ich, „ich lasse mich nicht erwischen."

Sie drohte mir zwar noch mit dem Finger, aber es war kein Argwohn mehr, der bei diesem Thema durchaus hätte durchschimmern können. Ich musste plötzlich an Astrid denken. Deren Ehe war gescheitert. Sie trauerte zwar ihrem Verflossenen nicht hinterher, wohl aber der verlorenen Hoffnung, mit diesem Mann glücklich zu werden. Wie anders erging es da Elke. Ich glaube, Gregor wird sie auf Händen tragen. Und Hans hatte seine Frau durch die Krankheit verloren. Wie muss jemandem zumute sein, der von vornherein weiß, dass er den Kampf um das Leben seines Partners nicht gewinnen kann?

„Wie läuft es bei dir?", fragte Lilli. Ich brauchte ein paar Sekunden, um umschalten zu können. Sie meinte natürlich die Vorgänge im alten Forsthaus.

Wieder fiel mir Matthias Claudius ein. „Der Wald steht schwarz und schweiget.“ Und nach einer kleinen Pause sagte ich: „Ich dachte, wir hätten eine Spur.“

„Der Förster?“

Ich nickte. „Er ist auch noch nicht ganz raus. Aber ich glaube nicht, dass er es war. Ich wüsste auch gar kein Motiv.“ Nein, Zeisig nicht. Frau Schildheim? Sie kommt problemlos an das Gift. Aber warum sollte sie drei, vielleicht sogar vier Menschen töten, wenn sie lediglich ihren Mann auf heimtückische Weise loswerden wollte? Und vor allem: Wo ist die vierte Person, die Frau?

„Cherchez la femme!“

„Erst einmal können vor Lachen“, antwortete ich auf den Satz, den ich selbst schon gedacht hatte. Ein bisschen weiter kommen wir hoffentlich mit der Bekannten von Gregor Pause, die als Ärztin in Riga arbeitet. Der Mann mit der Hüfte. Vielleicht führt von dem eine Spur zum Dritten in der Runde. Aber mit dem Glauben ist es so eine Sache in meinem Beruf. Glaube versetzt Berge, sagt man. Aber nur Wissen macht sie bezwingbar.

„Und bei dir?“, erkundigte ich mich nach dem Fortgang ihrer Ausbildung in der Restaurationswerkstatt Legefeld. „Was macht die Arbeit?“

Lilli war offensichtlich selber froh, dass wir das Thema Fremdgehen verlassen hatten. Es gab keinen

Grund, darüber zu reden. Irgendwo lauerten immer irgendwelche Fallstricke. Oder war ich einfach nur zu empfindlich, weil mir schon der Gedanke, dass es so etwas einmal bei uns geben könnte, Unwohlsein erregte? Ich liebe diese Frau und ich will nicht darüber nachdenken, wie es wäre – wenn. Aber Lilli hatte etwas von einer Katze, die gern mal ihre Krallen wenigstens ein bisschen ausfahren wollte. Nur mal spaßeshalber. Ein Spiel.

„Unser Chef hat ein Verfahren entwickelt, das einmalig in der Welt ist", erzählte Lilli begeistert. „In einem speziellen Gerät werden die durch Ruß, Schlamm und alle möglichen Gifte stark beschädigten Bücher oder Handschriften gereinigt. Am nächsten Tag wird flüssiges Papier automatisch an alle Fehlstellen, Risse und Brandränder geleitet. Das geschieht wie von Zauberhand."

Ich sah die Begeisterung in ihren Augen und freute mich. Die Tätigkeit an der Buchausgabe der Bibliothek war ein Job. Sie hatte ihn gern gemacht, aber wirklich herausgefordert fühlte sie sich nicht. Ich kannte meine Frau gut genug. Sie traute sich zu wenig zu. Aber war sie den ersten entscheidenden Schritt gegangen, dann folgten die nächsten fast wie von selbst. Schließlich bewegte sie sich in dem neuen Metier, als hätte sie ihr Leben lang nichts anderes gemacht. Mit der Arbeit in der Restaurationswerkstatt hatte sie eine Aufgabe gefunden, die sie forderte und in der sie regelrecht aufging. Das war nicht bloß ein Job.

Ich hörte ihr gern zu, wenn ich auch nicht alles verstand. Ich genoss ihre Begeisterung. Das ist meine Lilli!

Über dem Erzählen hatten wir gar nicht auf die Uhr gesehen. „Oh Gott!", sagte sie plötzlich. „Ich rede und rede. Weißt du, wie spät es ist?"

Da klingelte das Telefon. „Nein!", stöhnte ich. „Bloß nicht schon wieder eine Leiche!"

Es war Gregor Pause. „Du wolltest doch den Namen von der Hüfte haben?"

„Weißt du, wie spät es ist?", machte ich meinem Ärger über die mitternächtliche Störung Luft.

„Willst du nun den Namen wissen oder nicht?"

„Mach's nicht so spannend! Ja."

„Grauwacke. Passt irgendwie, der Name. Kriegst du alles morgen früh." Er legte auf.

„Grauwacke", wiederholte ich den Namen.

„Wer ist das?", wollte Lilli wissen.

„Kennst du nicht. Der spinnt manchmal."

„Grauwacke?"

„Nein, Pause."

„Hauptsache, du beißt nicht auf Granit", spöttelte Lilli. Ich brauchte etwas Zeit, bis ich den Witz begriff. „Kalauern ist eigentlich mein Geschäft", kommentierte ich.

Auch am Dienstag lag noch keine Vermisstenmeldung vor, jedenfalls keine, die für uns hätte relevant sein können. Elke brachte mir Name und Adresse des Herrn Grauwacke, der sich in Riga eine künstliche Hüfte hatte einpassen lassen. „Gregor lässt grüßen."

Ich hatte den Eindruck, dass sie, nachdem es wohl ein länger gehütetes Geheimnis der beiden war, miteinander verbandelt zu sein, nunmehr allen möglichen Leuten mitteilen wollte, dass sie und Gregor ein Paar sind. Ich freute mich für die beiden.

Ich bat Astrid, mich zu der Adresse zu begleiten. Wir gingen zu Fuß, denn das war fast gegenüber unserer Dienststelle in der Freiligrathstraße, unweit der Wasser aus einer Pfütze trinkenden Riesen, die dem Betrachter ihr blankes Hinterteil zeigten. Hübsche Gruppe, über die ich mich immer wieder amüsierte. Wir klingelten in der Hoffnung, dass Frau Grauwacke zu Hause sei. Aber es öffnete niemand, auch nach dem dritten Versuch nicht.

Astrid versuchte es an der anderen Seite bei Kellvö. Ein älterer Herr öffnete. „Hei, voinko auttaa teitä? – Hallo! Kann ich Ihnen helfen?"

„Entschuldigen Sie die Störung, Herr Kellvö. Wir wollten eigentlich zu Grauwackes, aber da ist wohl niemand zu Hause?"

„Der ist am Freitag weggefahren. Eigentlich er wollte Sonntagabend zurück sein. Ist er nicht?" Er sprach zwar ein fast einwandfreies Deutsch, aber es klang etwas härter. Finnisch?

„Nein", erwiderte ich. „Und seine Frau?"

Der Nachbar verneinte. „Es gibt keine Frau Grauwacke. Wissen Sie, er ist ein bisschen yksinäinen susi. Entschuldigung, wie heißt es deutsch? Eigenbröter. Der hat keine Frau."

„Eigenbrötler", korrigierte Astrid freundlich. „Haben Sie zufällig den Schlüssel für die Wohnung oder gibt es einen Hausmeister?"

„Wer will das wissen?", fragte Herr Kellvö und betrachtete uns interessiert.

Ich zeigte meinen Ausweis.

„Poliisi? Polizei?"

„Haben Sie den Schlüssel?", fragte Astrid und hielt ebenfalls ihren Ausweis hoch.

„Ach, wissen Sie", erklärte der Nachbar, „von dem kriegt man kaum einen Guten Tag gesagt, geschweige denn den Wohnungsschlüssel. Er ist ein bisschen outo." Der Nachbar machte eine kurze Pause, als suche er die passende Vokabel, ohne von der Polizei wegen übler Nachrede ermahnt zu werden. Schließlich fand er das Wort: eigen.

Grauwacke lebte nicht mehr. Wir wussten es, hielten es aber nicht für erforderlich, es dem Nachbarn mitzuteilen. Eine Frau oder sonst wen, der oder die mit ihm die Wohnung teilte, gab es offensichtlich nicht. Um mehr über den Mann herauszufinden, eventuell auch Hinweise auf die anderen Personen der Forsthausgesellschaft, mussten wir Zugang zu seiner Wohnung bekommen.

Astrid hob den Kopf und holte hörbar Luft durch die Nase. „Irgendwie riecht das nach Gas", sagte sie.

Ich musste lachen. „Elke soll sich darum kümmern." In Krimis treten bei solchen Gelegenheiten die Kommissare Türen ein. Das ist wohl eher der Dramatik geschuldet als der Realität.

„Gas? Um Gottes willen!", rief der Nachbar entsetzt. „Mein Gemüse steht auf dem Herd." Schnell lief er in seine Wohnung, wohl um die Herdflamme herunterzudrehen. Er vergaß sogar, sich zu verabschieden.

Astrid brachte ein Siegel an der Grauwackeschen Tür an. Ich informierte in der Zwischenzeit Elke, sie möge die Wohnung untersuchen. Wer ist der dritte Tote? Und vor allem, wer ist die Frau und wo ist sie? Und was ist das überhaupt für eine merkwürdige Gesellschaft von drei älteren Herren und einer wahrscheinlich jüngeren Frau, die sich übers Wochenende zum Schraps-hat-den-Hut-verloren-Spiel mit Textilpfänder in einem abgelegenen Forsthaus verabredet?

Die Auswertung der Durchsuchung von Grauwackes Wohnung lieferte einige interessante Details, aber keinen brauchbaren Hinweis auf die anderen Teilnehmer der Runde. In seinem Terminkalender tauchte allerdings in regelmäßigen Abständen ein großes F auf, zuletzt für das vergangene Wochenende. Daraus schlossen wir, dass der Buchstabe für Forsthaus stand. Hans erkundigte sich bei Frau Zeisig. Die sah im Terminkalender nach und stellte Übereinstimmungen zwischen der Buchung der Unterkunft durch den Apotheker und den in Grauwackes Heft notierten Tagen fest.

In einem gesonderten, etwas lädierten Büchlein, von einem Gummi zusammengehalten, waren verschiedene Telefonnummern notiert, die dazugehörigen Namen in der Regel nur mit den Initialen versehen. Es ließe sich relativ schnell herausfinden, wer sich hinter diesen Buchstaben verbarg. Ich bat Elke, den Anbieter des jeweiligen Anschlusses zu konsultieren, um die Einzelverbindungen der letzten drei Monate auflisten zu lassen. Eine der Nummern kannten wir bereits. Es war der Anschluss des Apothekers. Das ließ uns hoffen, dass auch die beiden anderen gespeichert sein könnten, vor allem die der vierten Person.

Die kleine 2-Zimmer-Wohnung war ziemlich karg eingerichtet. Spartanisch wäre hochgestapelt. Das Mobiliar stammte noch aus DDR-Zeiten. Der Teppich im Wohnzimmer bedeckte ein abgetretenes, braunes Linoleum. Die Gardinen hätte man vorsichtig abnehmen müssen, um sie in die Ecke zu stellen, so speckig waren sie. Eine billige Liege, zwei ramponierte Sessel um einen kleinen Nierentisch ohne Decke gruppiert. Keine Vase, keine Blumen am Fenster, keine Bilder an der Wand, die eine neue Tapete gut vertragen hätte.

Das Schlafzimmer sah nicht einladender aus. Das Bett war zwar gemacht, aber lieblos aufgeschüttelt. Eine Tür des Kleiderschranks stand offen, in dem die Wäsche nach einem schwer nachvollziehbaren System lag oder hing. Ein Paar Kamelhaarschuhe stand vor dem Bett. Das Besondere an diesem Zimmer waren die vielen Poster an den Wänden und die grellbunten Hefte auf dem Nachttischschrank. „Wichsvorlagen", sagte Elke verächtlich.

In der Küche stapelte sich verschmutztes Geschirr. Von den Tellern hätte man auch dann nicht essen mögen, wenn sie drei Mal durch die Geschirrspülmaschine gejagt worden wären. Im Küchenschrank fand Elke hinter Tüten und Dosen ein Sparkassenbuch: 47.538 Euro. Die Summe stand im krassen Widerspruch zu der heruntergekommenen Wohnung.

Hans hatte sich vom Einwohnermeldeamt die erforderlichen Daten geholt. Als Absender der monatlichen Gehaltsanweisung war die Deutsche Post ausgewiesen. Das Gehalt eines Briefzustellers stand in keinem Verhältnis zu der Summe auf dem Sparbuch. In unregelmäßigen Abständen wurden dort Beträge ab 200 Euro und mehr eingezahlt, die nicht von seinem Girokonto stammen konnten. Grauwacke musste eine

Einnahmequelle gehabt haben, aus der erkleckliche Summen sprudelten. Ging er nebenher einem anderen Gewerbe nach? Das Geld auf dem Sparbuch hatte sich innerhalb von fünf Jahren angesammelt.

Eine mögliche Antwort fand Hans, als er den kleinen Computer anschaltete, der lediglich auf Ruhezustand in Betrieb gehalten wurde, als sei der Besitzer nur mal für eine kurze Zeit weggegangen oder abgerufen worden. Ein glücklicher Zufall, wenngleich Hans sicher war, dass sein Freund Michael Peters von der Landeszeitung in der Lage gewesen wäre, das Passwort zu knacken.

Hans überflog die verschiedenen Programme und klickte schließlich ein harmlos klingendes, „Bilder" genanntes Icon an. „Na, da schau her!", lautete der erstaunte Ausruf.

In einer umfangreichen Datei hatte Grauwacke Darstellungen von Pärchen in eindeutigen Situationen, exakt nach Datum und Uhrzeit, was auf den Fotos eingescannt zu sehen war, geordnet und gesammelt. Paare auf einer Waldlichtung, in Autos auf einem einschlägig bekannten Parkplatz, an versteckten Uferzonen und schamlos selbst in Hauseingängen. Grauwacke war ein Spanner mit Kamera. Das passte zu seiner Sammlung von Postern und Pornoheften.

„Die Frage ist", gab Hans zu überlegen, „ob er die heimlich gemachten Aufnahmen nur für den Privatgebrauch nutzte oder nicht auch Kapital daraus geschlagen hat. Denn die meisten dieser Pärchen waren gewiss nie zusammen vor einem Traualtar erschienen. Wenn ich weiß", schlussfolgerte Hans, „wer sich da heimlich vergnügt, kann ich dem Mann oder auch der Frau ein kleines Geschäft vorschlagen. Sagen wir mal, 200 Euro und ich schicke deiner Frau oder deinem Mann keins der Bilder zu."

So überraschend war die Vorstellung gar nicht und so weit weg lag solche Praxis nicht, einen kleinen Nebenverdienst zu erzielen. Da kommen relativ schnell ein paar Tausender auf dem Sparbuch zusammen.

„Da sind die Herrschaften aber recht glimpflich davongekommen", sagte ich. „Erpresser fordern in der Regel deutlich mehr und dann immer wieder."

Hans widersprach mir. Der Kerl sei vielleicht gerissener, als wir denken. „Kleinvieh macht auch Mist, wie man auf dem Sparkonto sieht. Und lukrativ ist das Geschäft auf Dauer. Ich kann mich nicht erinnern, je eine solche Summe auf meinen Bankauszügen gesehen zu haben. Bei größeren Beträgen, wusste Grauwacke wohl, besteht nämlich die Gefahr, dass sich die Erpressten irgendwann wehren oder sogar rächen. Da hätte der Mann viel zu gefährlich gelebt. Er war fleißig unterwegs mit seiner Kamera. Zehn mal 200 Euro sind 2.000. Ist doch 'n hübscher kleiner Nebenverdienst."

Zu welchem Zweck Grauwacke das Geld auf sein Sparbuch eingezahlt hatte, war schwer zu erkennen. Offensichtlich legte er keinen Wert auf „Schöner Wohnen". Die Anzüge im Kleiderschrank waren billige Kaufhausware. Nirgendwo standen wertvolle oder gar antike Gegenstände herum.

„Ein Jäger und Sammler", meinte Astrid. „Er jagt nach verbotenen Lüsten und versilbert sich die heimlich aufgenommenen Fotos wie ein Trophäensammler. Allmählich bekomme ich ein Bild von dieser Runde im Forsthaus. Es geht Grauwacke nicht eigentlich um Geld. Er ist schlicht pervers und kriegt ihn nicht anders hoch. Wahrscheinlich ist er – war er", korrigierte sie sich, „ein Duckmäuser. Und ein armes Schwein."

Ich nickte zustimmend.

„Wenn ihr mich fragt, das war der Schildheim im Grunde genommen auch. Ich meine, ein Mann, der sich von seiner Frau so behandeln lässt wie der Apotheker von seiner Apothekerin, der ist doch eher ein Waschlappen als ein richtiger Kerl."

Elke sah mich mit leicht spöttischem Gesichtsausdruck an, als wolle sie von mir wissen, wie ein richtiger Kerl zu sein hat. Doch sie hielt sich zurück und fragte stattdessen: „Wie passt die Frau in diesen Verein, denn der Dritte stammt wohl aus derselben Liga?"

„Gar nicht", erwiderte Astrid. „Das ist es ja, was mich verunsichert. Drei alte Lustmolche spielen

Schraps hat den Hut verloren mit einer vermutlich jüngeren Frau. Und am Ende sind sie alle viere tot."

„Moment", unterbrach ich Astrid, „wir haben nur drei Leichen vorgefunden. Zwei von ihnen kennen wir nun, den Apotheker und diesen Spanner Grauwacke mit dem kleinen Nebenerwerbszweig, da gebe ich Hans recht. Zwei weitere fehlen uns noch. Und bisher sehe ich kein Motiv für diese amokartigen Giftmorde. Wir werden die in dem Oktavheft notierten Nummern systematisch abfragen und die Daten abgleichen müssen."

Mit einem Bewegungsprofil seines Handys wird es seine Schwierigkeiten haben, denn auch in der Wohnung konnten wir keins entdecken, obwohl er eines besessen haben muss. Die Telefonnummern ergaben sonst keinen Sinn. Festnetz ist nicht. Und den Anbieter zu finden, bei dem Grauwacke sein Gerät registriert hat, erschien uns ziemlich schwierig.

„Schwierig ist nicht unmöglich", sagte Elke. „Das finde ich heraus. Der eine oder andere der unter der in Grauwackes Kladde eingetragenen Gesprächspartner wird ja wohl wissen, wer ihn angerufen hat. Darunter sind gewiss einige, die ihrerseits Grauwackes Nummer kennen und ihn angerufen haben. Ist machbar." Nichts ist unmöglich, pfiff sie die Melodie eines Werbespots.

„Sag mal, Hans", fiel mir dazu passend ein, „du kennst doch Hinz und Kunz in Weimar. Ich bin sicher, dass der eine oder andere Fremdgeher in Grauwackes Netz gegangen ist."

„Gut möglich", erwiderte Hans. „Soll ich hingehen und ihn unter Mordverdacht verhaften, nur weil er sich mit einem Seitensprung verdächtig gemacht hat?"

Das meinte ich nicht. „Wir sind nicht die Sittenpolizei. Und den Herren oder Damen können wir versichern, dass ihre Ehepartner von uns nichts erfahren."

Astrid protestierte. „Du willst die Sauereien decken?"

„Nein", erklärte ich ihr. „Aber das geht uns nur dann etwas an, wenn es berechtigte Hinweise auf eine mögliche Täterschaft gibt. Aber die wildern in einem anderen Revier. Außerdem sind 200 Euro Schweigegeld kein Grund, zu Zyankali zu greifen. Mir geht es darum, ob unsere Vermutung stimmt, wonach Grauwacke als Spanner und Erpresser unterwegs war. Vielleicht lassen sich von daher Rückschlüsse auf das merkwürdige Kleeblatt ziehen."

Hans hatte währenddessen in Grauwackes Sparbuch geblättert. „Das ist merkwürdig", sagte er plötzlich. „Immer nur diese Kleckerbeträge, aber vor sechs Wochen 2.000 Euro in einem Stück. Da muss er aber einen großen Fisch an der Angel gehabt haben."

„Große Fische mag ich“, sagte Elke. „Wenn ich nur wüsste, woher wir die passende Angel bekommen und in welchem schmutzigen Wasser wir sie auswerfen müssen.“

Da strahlte Hans. „Das lasst mal meine Sorge sein. Ich werde die Daten auf den Fotos mit den Daten der Einzahlungen vergleichen. Das kriegen wir gebacken.“

Schildheims Handynummer hatten wir von seiner Frau bekommen, das Gerät selbst blieb wie vom Erdboden verschluckt. Durch den Vergleich der Verbindungsnachweise und die Aussagen von fünf Gesprächspartnern Grauwackes, die Hans auf den in den Dateien gefundenen Fotos erkannt hatte, fanden wir auch dessen Rufnummer. Weil uns auffiel, dass diese Herren höchst verunsichert waren und darum baten, „die Sache nicht an die große Glocke zu hängen“, bestätigte sich Hans’ Vermutung von Grauwackes Nebenerwerb. Als er die Datei durchging, entdeckte er sie auch in eindeutiger Freizeitbeschäftigung.

„Ich gönne den Kerlen, dass sie für ihre Seitensprünge bluten mussten“, kommentierte Elke. „Aber als genehmigtes Gewerbe würde ich es nicht zulassen.“

„Ach, du Scheiße!“, rief Hans plötzlich aus, als er die Bildergalerie noch einmal durchklickte und bei einem Foto stehenblieb. „Das ist doch ... Ekke, den kennen wir doch!“ Er zeigte auf ein Pärchen, das sich in einem Auto vergnügte. Das Gesicht des Mannes war deutlich zu erkennen.

Oh ja, den kannten wir. Er war die Woche mindestens einmal in der Zeitung zu sehen als hoher Beamter der Landesregierung: Staatssekretär Meischel. Der schöne Albert, wie man ihn immer nannte. Allerdings war er auf dem Foto nicht mit einer Frau festgehalten worden, sondern in eindeutiger Pose mit einem Mann. Da wurde mir ziemlich schwummerig. Ich bat Hans, mir das Bild auszudrucken.

„Willst du damit zur Zeitung?“, fragte Hans lachend. „Die zahlen bestimmt mehr als Grauwacke bekommen hat. Erinnert ihr euch, dass an einem Tag einmal 2.000 Euro eingezahlt wurden?“

„Sagt mal“, fragte Astrid nachdenklich, „könnte das Nummer fünf im Forsthaus sein?“

Das bezweifelte ich sehr. Der Herr passt ganz und gar nicht zu einer Männerrunde, die sich eine Frau an den Spieltisch eingeladen hatte. Seine Neigung war auf dem Foto klar zu erkennen.

Aber die Sache war heiß, sehr heiß sogar. Dabei interessierte mich nicht, dass der Staatssekretär schwul ist. Darüber wurde schon lange gemunkelt. Und im Übrigen ist daran nichts Strafwürdiges. Doch Fotos des Paares waren schon von anderer

Qualität. Der Herr Staatssekretär hatte nicht aus Versehen bare 2.000 Euro an Grauwacke bezahlt.

Ich wählte die Nummer unseres Oberstaatsanwalts und machte es gegenüber seiner Sekretärin dringend. Sie verband mich weiter. Sie kannte mich gut genug, um zu wissen, wann mir etwas wirklich wichtig war.

„Herkommen!“, unterbrach mich Oberstaatsanwalt Zahn. „Keine Namen am Telefon. NSA hört mit.“ Mir fiel ein Plakat aus der Hitlerzeit ein, das ich in einer Ausstellung im Stadtgeschichtsmuseum gesehen hatte. Auf gelbem Grund stand in schreiendem Rot: „Achtung! Feind hört mit!“ *Big Brother is watching you!* George Orwell lässt grüßen. Die Nachricht, dass selbst das Handy der Kanzlerin von den Amerikanern abgehört wurde, machte gerade die Runde.

Ich nahm das ausgedruckte Foto und ging zu Zahn. Seine Sekretärin winkte mich kommentarlos durch. Der Oberstaatsanwalt saß hinter seinem mächtigen Schreibtisch. „Was sagst du?“, lautete die mürrische Begrüßung.

Ich legte das Foto auf seinen Schreibtisch. Er betrachtete es eingehend, als ob es etwas anderes herauszulesen gab als das, was man eindeutig sah. „Ich hab das nicht so gern“, knarrte er schließlich, „wenn man mir eine scharfe Handgranate auf den Schreibtisch legt. Ich weiß, dass er schwul ist. Paragraph 175 Strafgesetzbuch ist in der Bundesrepublik 1994 ersatzlos gestrichen worden. In der DDR übrigens schon 1988. Was soll ich mit dem Bildchen und woher hast du es?"

Homosexualität, soweit nicht Minderjährige involviert sind, ist nicht strafbar. Gewiss wäre es peinlich, wenn das Foto an die Öffentlichkeit gelangte, aber dann hätte der Mann sich immer noch mit stolzgeschwellter Brust hinstellen können, um zu verkünden: „Und das ist gut so!"

Ich erzählte Oberstaatsanwalt Zahn, auf welche Weise wir zu dem Foto gekommen waren und in welchem Zusammenhang wir es sehen mussten.

Da schlug er mit beiden Fäusten auf die Schreibtischplatte, dass alle Gegenstände um einige Zentimeter in die Höhe sprangen. „In zwei Jahren gehe ich in Pension!", donnerte er. „Willst du mir die Tour vermasseln, Ponte?"

Erfahrungsgemäß antwortete ich nicht auf solche Ausbrüche. Er musste erst einmal Dampf ablassen. Es wäre auch gar nicht nötig gewesen, ihm die Brisanz des Fotos im Zusammenhang mit den Morden zu erklären. Solche Leute, in die Enge getrieben, kommen auf die absurdesten Ideen.

Der Oberstaatsanwalt kannte seine Pappenheimer. Der lautstarke Wutausbruch war nur Theaterdonner.

„Ich weiß, was du mir erzählen willst, Ponte. Ihr sucht nach einem Motiv und einem Täter. Aber ist es nicht ein bisschen weit hergeholt, den schönen Albert mit dem Forsthaus in Verbindung zu bringen?"

„Ich habe schon Pferde in der ...", setzte ich an.

Doch Zahn fiel mir ins Wort. „Verschone mich mit deinen Sprüchen, Zitaterich."

Ich stutzte. Zitaterich? Darauf war er nicht erst in diesem Moment gekommen. Aha, dachte ich, so nennen sie mich also hinter meinem Rücken, weil ich wie mein Vater gern mal mit einem Zitat unterwegs war. Über Vaters Neigung, möglichst alles mit einem klassischen Zitat zu unterfüttern, habe ich selbst gern gespottet. Und nun bin auch so einer. Zitaterich. Nun ja, nicht der schlimmste Spitzname. Wer sich den wohl ausgedacht hat? Klingt nach Hans.

„Ich kenne ihn", sagte Zahn. „Er ist nicht der Klügsten einer. Wie der zu dem Posten gekommen ist – frag mich lieber nicht. Er ist ein Schwätzer, ein Dampfplauderer und ein Schönling. Geschenkt. Aber Mord? Nee, Ponte, das hat er nicht drauf."

Er müsste es ja nicht selbst getan haben. Für so etwas findet man immer Leute, gab ich zu bedenken.

„Im Übrigen, selbst wenn Meischel den Grauwacke hat ausknipsen lassen – warum dann die drei anderen auch?"

„Vielleicht wusste er, dass das Foto bei Grauwackes Spießgesellen herumgereicht wurde. Oder er befürchtete es. Wenn schon, dann Tabula rasa."

Zahn dachte nach. Er atmete schwer. Er wusste, dass von ihm eine Entscheidung erwartet wurde, die von erheblicher Tragweite war. Schließlich sagte er: „Du ermittelst in alle Richtungen, Ponte. Auch in diese. Und bevor es brenzlig wird, wahrschaust du mich. Und wenn es nachts um drei ist. Vater, die Scheune brennt!“, setzte er seufzend hinzu. „Wenn wir falsch liegen und das herauskommt, kann ich meine schöne Pension vergessen. Die machen Hackfleisch aus mir.“ Wer „die“ sind, ließ er offen. Ich konnte es mir aber denken.

Er kam hinter seinem Schreibtisch hervor und reichte mir die Hand. Das kannte ich überhaupt nicht von ihm. „Mach kein’ Scheiß, Ponte. Das ist nur mit der Kneifzange anzufassen. Wenn das in die Hose geht, kannst du sagen, dass ich das angeordnet habe.“

„Was?“, fragte ich grinsend. „Wir haben eben über das Wetter gesprochen, Herr Oberstaatsanwalt.“

„Raus“, fauchte er, „wenn du kein Donnerwetter erleben willst! *Ich* bin der Oberstaatsanwalt. *Ich* ordne an.“ Er gab mir das Foto zurück. „Mit der Sauerei will ich nichts zu tun haben.“ Er begleitete mich tatsächlich bis zur Tür. Noch so eine Besonderheit dieses Tages. Ehe er die Klinke drückte, sagte er: „Meischel ist ein Feigling und ein Großmaul. Aber um einen Staatssekretär zu erpressen, muss man schon eine Menge Chuzpe aufbringen. Wieso glaubt ihr überhaupt, dass er erpresst worden ist?"

„Hans Brandt hat zwischen den Daten auf den Fotos und den Einzahlungsbelegen auf Grauwackes Sparbuch eine gewisse Regelmäßigkeit entdeckt. Spätestens zwei Wochen nach dem Entstehungsdatum eines jeden Fotos geht ein Betrag zwischen 200 bis 300 Euro ein. Vor vier Tagen waren es aber gleich 2.000. Und das Foto mit Meischel und seinem Liebhaber lag zehn Tage zurück."

„Ein Holzweg ist auch eine Spur, Ponte. Aber die führt nur in den finsteren Wald hinein. Bring mir Beweise. Mit hätte, wäre, könnte weiß ich nichts anzufangen. Meischel ist nicht doof. Das ist er wirklich nicht. Der zahlt und hofft, dass es sich damit erledigt hat."

„Und wenn nicht?"

Am Donnerstag in der Frühe schickten die Kollegen vom Dezernat 1 eine Frau zu mir. Sie vermisse ihren Mann. „Es kommt schon mal vor, dass Günthi zwei, drei Tage unterwegs ist", erzählte sie uns. Er sei Vertreter für eine große Drogeriekette. Aber er habe sich zwischendurch immer gemeldet, wenn er auf Tour war. Am Freitag sei er losgefahren. Allerdings stünde sein Auto noch in der Garage und seine Tasche mit den Proben und Pröbchen habe er gar nicht mitgenommen. Das käme ihr etwas komisch vor. „Wie will er denn auf Tour gegangen sein?“, fragte uns Frau Helmreich ein bisschen naiv.

Da hatten wir also den Dritten im Bunde. Wir zeigten ihr das Foto aus dem Forsthaus. Da kippte sie uns fast vom Stuhl. Astrid holte schnell ein Glas Wasser.

Als Frau Helmreich sich wieder etwas erholt hatte von dem Schreck, sagte sie: „Aber das kann doch gar nicht sein. Das hätte er mir doch gesagt.“

Was er ihr gesagt hätte, blieb unklar. Es wäre aber auch unsinnig gewesen, sie in dieser Verfassung zu befragen. Ich bat Astrid, Frau Helmreich in die Gerichtsmedizin zu begleiten.

Da hatten wir nunmehr drei. Wir könnten das Lied von den zehn kleinen Negerlein rückwärts singen, wenn es nicht der *political correctness* widerspräche. Außerdem wären wir nur bis vier gekommen. Oder fünf, denn noch bezweifelte ich erheblich, die Lippenstiftfrau aus dem Forsthaus als Verdächtige anzusehen, wenn ich mir auch immer noch nicht erklären konnte, warum ausgerechnet sie den Anschlag überlebt haben sollte. Den Staatssekretär bekam ich trotz des möglichen Zusammenhangs zwischen Erpressung und Mord nicht unter im Kreis der Verdächtigen. Dass die 2.000 Euro von Meischel stammten, die vor kurzem auf Grauwackes Sparbuch eingezahlt wurden, war per Anfrage bei seiner Bank gesicherte Erkenntnis. Allerdings sah ich keinen Grund, den Staatssekretär deswegen zu befragen. Zahn hatte vermutlich recht. Ganz aus den Augen verlieren wollte ich den Herrn aber auch nicht.

Alle Versuche, aus Frau Helmreich für uns relevante Fakten zu erfragen, scheiterten an ihrer Naivität. Alles, was ihr Günthi tat, war von Gott getan. Allerdings wusste sie nicht, was ihr lieber Mann trieb, wenn er für ein paar Tage zu seinem Lehrgang fuhr. Sie gehörte zu jenen netten, aber über die Maßen schlichten Frauen, die ihre Aufgaben darin sehen, dem Mann jeden Tag frische Wäsche hinzulegen, ihn zu bekochen und zu pflegen, ihm zur Verfügung zu stehen, wenn ihm danach war, und auf eigene Interessen möglichst zu verzichten. Sie wusste nichts vom Forsthaus und schon gar nicht, mit wem er dorthin gefahren sein könnte.

„Er hat gesagt, er muss zur Weiterbildung, wenn er übers Wochenende wegfuhr. Wissen Sie", erklärte sie mit einem Ausdruck von Wichtigkeit, „es gibt ja immer etwas Neues für den Drogeriemarkt. Da muss er stets wissen, was er den Kunden empfehlen kann. Und sein Chef hat gesagt, er sei eines seiner besten Pferde im Stall." Sie versuchte ein Lächeln, als würde das Lob auch ihr gelten.

Ich fragte mich, was den Apotheker Schildheim, den Briefzusteller Grauwacke und den Kosmetikvertreter Helmreich miteinander verbinden könnte. Was trieben sie im Forsthaus? Waren es nur harmlose, wenn auch etwas merkwürdige Spiele, wofür sie eine vierte Person brauchten, und zwar eine Frau?

„Das sind drei alte geile Böcke, die sich vermutlich eine Nutte fürs Wochenende eingekauft haben, denn welche gesunde junge Frau lässt sich von so etwas befummeln? Ich bin mir nicht mal sicher, ob die noch einen hochgekriegt haben, wenn nicht der Apotheker ein paar Mittelchen zur Verfügung gestellt hat.“ Hans war mit seinem Urteil über die drei Männer fertig. Und wahrscheinlich lag er nicht ganz falsch. Doch wo war diese Frau, in deren Glas sich das gleiche Gift befunden hat wie in den Gläsern der Männer?

Astrid war überzeugt, dass einer der drei Männer, vermutlich der Apotheker, telefonisch mit der Frau in Kontakt getreten sein muss, wenn sie sich für das Wochenende verabredeten. Allerdings hatte keiner der Männer ein Handy bei sich. Die entsprechenden Nummern und Anbieter herauszufinden, um dann anhand der Verbindungsnachweise Übereinstimmungen herauszufinden, bedürfte aufwendiger Recherchen. Wir mussten es versuchen. Ausgang ungewiss. Und wenn die Telefonate von einer öffentlichen Zelle geführt wurden, waren wir nahezu chancenlos.

„Ich weiß schon, warum du mich so scheinbar zufällig anschaust“, fügte sich Hans in den noch gar nicht ausgesprochenen Auftrag. „Ich mach mich in die Spur.“

„Ich werde mich mal bei den Arbeitskollegen von Grauwacke umhören“, schlug Astrid vor. „Er ist zwar ein Sonderling und Eigenbrötler. Viel wird er nicht erzählt haben von dem, was er außer Briefe austragen noch machte. Aber wir wollen nichts unversucht lassen.“

Elke hatte die gesicherten Spuren ausgewertet und so weit wie möglich zugeordnet. Offensichtlich war das Forsthaus in den letzten Monaten nur durch die Vier genutzt worden. Wer macht auch im Winter Urlaub mitten im Wald? Neben den eindeutigen Fingerabdrücken und DNA-Spuren von Schildheim, Grauwacke und Helmreich konnte sie noch die des Försters Zeisig und seiner Frau sichern. Die Fingerabdrücke der vierten Person, also die der Frau, hatte Elke durch den Computer laufen lassen – ohne Ergebnis

Die erfolgversprechendste Spur, um die Frau zu finden, war das Handy des Apothekers. Das war zwar auch wie die der anderen beiden verschwunden, aber wir hatten uns von Frau Schildheim die Nummer geben lassen. Die wiederholten Versuche, das Gerät zu orten, schlugen fehl. Womöglich hatte der Täter die Speicherkarte entfernt und das Gerät vernichtet. Die Anfrage mit richterlichem Beschluss beim Anbieter lief noch.

Wenn wir zusammenfassten, was wir bisher herausgefunden hatten, bekamen wir zwar eine ziemlich genaue Vorstellung, was sich im Forsthaus bis zu dem Giftanschlag abgespielt hat, doch von da an blickten wir in ein schwarzes Loch. Ach, lieber Matthias Claudius, wie recht du doch hattest.

Hans hatte Grauwackes Computer durchsucht und war auf eine Unmenge pornografischer Bilder und Filmchen gestoßen. Einer der Filme sollte für uns von besonderem Interesse werden. Er war erst vor vier Wochen aufgenommen worden, wie das eingespeicherte Datum samt Uhrzeit anzeigte.

„Ich hab sie!“, verkündete Hans plötzlich lauthals, wie Archimedes „Heureka!“ gerufen haben musste.

„Wen?“, fragte ich.

„Die Frau! Die vom Forsthaus!“ Der Stolz, endlich eine brauchbare Spur gefunden zu haben, war ihm deutlich anzusehen.

Wir versammelten uns aufgeregt vor seinem Computer. Als Drehort des kleinen Films, der seinen ekstatischen Ruf ausgelöst hatte, erkannten wir sofort das Forsthaus. Und anhand des Datums samt Uhrzeit gab es auch keinen Zweifel, wann die Aufnahmen gemacht wurden, nämlich exakt vier Wochen vor dem Giftanschlag. Drei Männer, deren Gesichter mit tierischen Halbmasken bedeckt waren, vergnügten sich mit einer Frau. Sie hatten sich auch gar nicht die Mühe gemacht, eines der oberen Zimmer mit Bett aufzusuchen. Der eichene Tisch genügte ihnen für ihre perversen Gelüste. Da wir die drei beteiligten Männer inzwischen kannten, waren die Maskierten mühelos zuzuordnen. Schwieriger war es allerdings mit der Identifizierung der Frau. Beim Drehen des Filmchens wurde die Kamera nicht auf ihr Gesicht gerichtet. Man delektierte sich an anderen Körperteilen. Nur einmal erfasste die Kamera die obere Hälfte ihres entblößten Körpers. Doch auch damit war nicht viel anzufangen. Die Frau trug eine breite Binde vor den Augen. In den drei Sekunden gab es kein wirklich verwertbares Bild von ihr.

„Uff!", sagte Astrid. „Drei Schweinskerle vergewaltigen eine Frau. Man sollte ihnen die Schwänze abschneiden!"

Ich konnte ihre Verachtung durchaus nachvollziehen und war mir darin mit den Kollegen einig. Es gab nur ein Problem: „Die Frau wurde nicht vergewaltigt, sie hat mitgemacht und offensichtlich ihren Spaß dabei gehabt."

„Das macht die Sache nicht besser", erklärte Elke angewidert.

Hans, der sich bisher nicht an unserem Gespräch beteiligt hatte, drehte sich langsam mit seinem Bürostuhl zu uns um und fragte mit seiner Ich-zieheeuch-jetzt-ein-Kaninchen-aus-dem-Zylinder-Stimme: „Ist euch etwas aufgefallen, liebe Kollegen?" Das „liebe" war ein bisschen zu arrogant.

Ich atmete hörbar aus, hielt mich aber mit einer Bemerkung zurück.

„Ach, Hänschen", säuselte Elke, „du bist doch unser Größter. Komm, spann uns nicht auf die Folter. Was ist es?"

Hans lehnte sich zurück und drehte den Bildschirm so, dass wir alle gleichzeitig die Szene verfolgen konnten.

Besonderen Spaß machte es nicht, den etwa fünf Minuten dauernden Film zu betrachten. Etwa in der Hälfte klopfte ich Hans auf die Schulter. „Kannst abschalten."

Die beiden Frauen sahen Hans an, dann mich, dann wieder Hans. „Wer hat den Film gedreht?", fragte er in die Runde.

Plötzlich sagte Astrid: „Nummer fünf!"

„Jaaa", erwiderte Hans gedehnt, „oder jeder hielt die Kamera mal drauf, um seine Lieblingseinstellung zu filmen."

„Beides ist möglich", sagte ich nachdenklich. „Ich glaube aber nicht, dass eine fünfte Person im Raum war. Das könnte vielleicht der Förster gewesen sein, aber zu dem passt so etwas ganz und gar nicht. Nein, die Vier waren unter sich und die Frau mittenmang."

Das Problem war, dass es kaum möglich sein würde, die Frau anhand des Films zu identifizieren, denn selbst als ihr Kopf für einen Moment zu sehen war, war das Gesicht nicht zu erkennen.

Was wussten wir über die Frau? Sie fährt einen blauen Polo, ist etwa 40 Jahre alt, vielleicht einssiebzig groß, etwas fülliger, aber nicht dick, rötlich getöntes Haar. Sexuelle Neigung: Gruppensex. Wahrscheinlich würde das, wenn man durch die Stadt ginge, auf mehrere Dutzend Frauen zutreffen.

„Vielleicht kommt sie aus dem Milieu", schlug Astrid eine mögliche Richtung vor.

Der Gedanke war gar nicht so abwegig, denn welche Frau treibt es mit drei weiß Gott nicht attraktiv zu nennenden Männern? Alte Säcke, wie Elke verächtlich sagte. „Da könnte durchaus Geld im Spiel gewesen sein."

„Wenn sie aus dem Milieu kommt", riet Astrid, „sollten wir mal bei der Sitte nachfragen." Und da sie sah, dass ich dem zustimmte, erklärte sie sich einverstanden, mit den Kollegen zu reden.

„Wir haben den Film doch bei Grauwacke auf dem Rechner gefunden", überlegte Elke laut. „Er ist nicht der alleinige Regisseur, aber vielleicht der Besitzer der Kamera, mit der er auch sonst gern auf die Pirsch geht. Richtig?"

Das bestätigten wir. „Was folgt nach deiner Meinung daraus?", fragte ich. „Du meinst", gab ich selbst die mögliche Antwort, „er hat auch diesen Film benutzt, um sich ein kleines Taschengeld zu erpressen? Aber von wem? Er ist doch selbst auf dem Film zu sehen."

Hans hatte diese Zweifel nicht. „Es ist kein Problem, mit ein bisschen Geschick und Kenntnis bei der Verwendung von geeigneten Programmen einzelne Personen herauszuschneiden. Grauwacke könnte den Film entsprechend bearbeitet haben."

Ich schüttelte den Kopf. „Nein. Wen will er denn erpressen? Schildheim und Helmreich? Er gehört doch selber zur Gang. Die Frau? Sie war freiwillig dabei. Und falls sie aus dem Milieu kommt, würde sie ihm vielleicht mal drei kräftige Jungs vorbeischicken. Nein, Leute, irgendwo spukt in meinem Hinterstübchen noch die fünfte Person herum. Wer sagt uns denn, dass das Filmchen alles ist, was aufgenommen wurde?"

Hans atmete hörbar aus. „Du kannst einem so richtig den Tag versauen, Chef."

Ich lachte. „Irgendwie muss meine höhere Gehaltsstufe doch gerechtfertigt sein. Und damit, Kollegen, an die Arbeit! Sitte, blaue Polos im Bereich zwischen Erfurt und Jena, Telefonchecks, das Umfeld der drei Herren. Ich will mich mal in Buchfart umsehen. Noch ist der Zeisig nicht raus. Und wehe, er war nicht dort!"

„Was ist mit dem Staatssekretär?", wollte Hans wissen. Ich merkte, dass er diese Spur zu gern verfolgt hätte. „Vergiss ihn. Von all seinen Präferenzen interessiert uns diese am wenigsten."

Ich gebe zu, das ungute Gefühl der letzten Tage hatte sich verflüchtigt. Nichts macht mich kribbeliger, als in einer Sache – und das muss gar nichts Dienstliches sein – im Nebel herumzustochern. Jetzt lichteten sich Claudius' weiße Nebel. Wunderbar! Natürlich war damit der Fall noch nicht geklärt, aber das eine Ende des Fadens hatten wir in der Hand. Ich ahnte nicht einmal, wie sehr wir uns in dem Labyrinth verlaufen sollten.

Der Euphorie folgte die Ernüchterung. Oberstaatsanwalt Zahn wurde schon unruhig und trieb zu Eile an. Natürlich hatte sich im kleinen Weimar schnell herumgesprochen, was im Forsthaus geschehen war. Die Journalisten der regionalen, aber auch einiger überregionaler Zeitungen riefen mehrfach an. Wir konnten sie noch auf Distanz halten. Aber am Donnerstag stand in der Zeitung mit den großen Buchstaben: „War es der Förster? Kapitales Verbrechen im alten Forsthaus!" Dazu war ein Bild des Forsthauses gestellt und – zwar nur klein und schwer zu erkennen – Herr Zeisig mit seinem Gewehr im Anschlag. Das musste ein älteres Bild gewesen sein, denn von Schnee war nichts zu sehen. Wahrscheinlich erscheint drei Tage später auf der letzten Seite ein Dementi dergestalt, dass es der Förster doch nicht gewesen ist. Die Namen der Opfer waren nur als Kürzel angegeben, aber wer ein gewisser Apotheker Dr. S. ist, machte schnell die Runde.

Oberstaatsanwalt Zahn tobte und zitierte mich vor seinen Schreibtisch. Einen Stuhl bot er mir nicht an. Ich kannte seinen Satz: „Leute mit schlechten Nachrichten stehen!"

„Was ist los in deinem Laden, Ponte? Seit fast einer Woche höre ich von euch nichts anderes als: Wir ermitteln in alle Richtungen. Und dann so etwas!" Er schlug mit der flachen Hand auf die vor ihm liegende Zeitung. „Wer hat da gequatscht?"

Ich dachte gar nicht daran, mich abkanzeln zu lassen. Bei allem Respekt gegenüber dem Oberstaatsanwalt – ich war nicht sein Dackel. Ich nahm mir einen Stuhl und setzte mich. Zahn schluckte, konnte aber schlecht etwas sagen. Ich bin Hauptkommissar der Kriminalpolizei und Leiter der MUK, halten zu Gnaden! Und in Gedanken fügte ich hinzu: „Wenn Sie ein Adagio hören wollen?" Was hat mich Vater „Kabale und Liebe" rauf und runter lesen lassen!

„Ich weiß es nicht, Herr Oberstaatsanwalt, aber meine Leute quatschen nicht", sagte ich ruhig.

„Aber einer muss es doch gewesen sein! Wie kommen die sonst darauf?"

„Unser Haus ist groß." Das konnte auch heißen, dass die Staatsanwaltschaft über mehr Mitarbeiter verfügt als meine kleine Truppe. Der Oberstaatsanwalt hatte längst gemerkt, dass er sich mir gegenüber im Ton vergriffen hatte. Aber ich konzedierte auch, dass ihm vermutlich das Innenministerium im Nacken saß.

„Irgendetwas müssen wir der Pressemeute zum Fraß vorwerfen", schlug Zahn nun einen ganz normalen Ton an. „Du weißt doch, wie die sind. Und in der Bevölkerung macht sich Unruhe breit. Also, was habt ihr?", forderte er mich zum Rapport auf. „Der blaue Polo."

„Es gibt hunderte davon zwischen Erfurt und Jena", wich ich aus.

„Danach habe ich nicht gefragt. Du sollst sie nicht zählen!", fauchte er. „Die Frau?"

Auch dazu konnte ich keine ihn befriedigende Antwort geben. „Wir sind dran."

„Was sagen die Natten im Paff?"

Die positivste Antwort, die ich ihm dazu geben konnte, lautete: „Negativ. Allerdings lässt sich anhand des Films weder ein Porträt noch ein Hinweis auf besondere körperliche Merkmale, auch kein Tattoo oder dergleichen heranziehen." Die spärlichen Angaben über Körpergröße und vermutliches Alter der Frau taugten zu keiner erfolgversprechenden Ermittlung.

„Das Gift!" Er schoss die nächste Frage aus seiner Pistole ab.

Ich war froh, dass wir anhand der Bestandsliste in der Bärenapotheke festgestellt haben, dass es dort keine Unstimmigkeit bei Zyankali gegeben hat. Diese Quelle hatte ich aber ohnehin sehr früh ausgeschlossen, denn das hätte bedeutet, der Apotheker, der um die grässliche Wirkung des Giftes wusste, hätte sich freiwillig der Tortur unterzogen, nur um die anderen mit in den Tod zu reißen. Abgesehen davon fehlte dazu jeder Hinweis auf ein Motiv für einen solchen Abgang.

„So eine Liste kann man auch manipulieren."

Zahn spielte auf die Apothekerin an. Ihre Behauptung, sie habe die Flasche Mandellikör im Auftrag ihres Mannes gekauft, hatte mich nicht überzeugt. Und ihn auch nicht. Natürlich hätte sie die Möglichkeit gehabt, die Flaschen entsprechend zu präparieren, doch dazu hätte sie den Metallverschluss abdrehen und damit die Banderole beschädigen müssen. Das wäre ihrem Mann aufgefallen.

Da saß er nun, der ebenso gefürchtete wie respektierte Oberstaatsanwalt Zahn auf seinem Ledersessel mit dem dicken Kissen unterm Gesäß, damit er etwas größer wirkte, als er tatsächlich war. Ich sah ihm an, dass sein Unwille wegen meiner dürftigen Ergebnisse wieder anschwoll.

„Die Telefone!" Er fragte nicht, er forderte unwirsch.

„Es ist uns gelungen, die Betreiber von drei Handys ausfindig zu machen, die den ermordeten Männern zugeordnet werden konnten. Es gibt gelegentliche Kontakte, die sich aber in aller Regel nur um die Zeit kurz vor den jeweiligen Treffen beziehen. Die Beziehungen der drei Männer scheinen sich offenbar nicht auf andere Verabredungen oder Interessen erstreckt zu haben. Was wir uns noch nicht erklären können, ist die Tatsache, dass es von keinem der drei Handys eine übereinstimmende Verbindung zu einer bestimmten Person gibt: der Frau. Auffällig ist jedoch, dass gelegentlich der Apotheker, seltener Grauwacke und nur in einem Falle Helmreich aus öffentlichen Telefonzellen in Weimar, Jena und Apolda angerufen wurden. Wir vermuten, dass es die gesuchte Frau war. Sie müsste zwischen den drei Orten unterwegs gewesen sein. Eine Vertreterin?"

„Ein bisschen dünn", resümierte der Oberstaatsanwalt. „Aber besser als in die hohle Hand..."

Er musste den Satz nicht aussprechen.

„Was die da schreiben", er wies verächtlich auf das noch immer vor ihm liegende Blatt, „könnte da etwas dran sein?"

Ich schüttelte verneinend den Kopf. „Herr Oberstaatsanwalt ..."

„Lass doch mal den Scheißtitel weg. Ich weiß doch, dass ich bei euch Oberst Zahn heiße", sagte er unwillig.

„Und ich bin der Zitaterich."

Da lachte er herzhaft los. „Weißt du, dass ich deinen Vater ganz gut gekannt habe? Er war doch auch im Zigarrenclub in der Schützengasse. Mann, was hat der uns manchmal mit Goethe und Schiller genervt." Er lachte noch einmal herzhaft in Erinnerung an meinen Vater. Dann verzog er das Gesicht zu einer verächtlichen Miene. „So einen guten Mann schickt man nicht in die Wüste. Ja, die obersten Stasigeneräle, die wurden in die Behörde mit einem Gehalt übernommen, von dem sie früher nicht einmal geträumt hatten. Aber so einen exzellenten Bibliotheksdirektor ..." Er ließ den Satz unvollendet. „Wo waren wir stehengeblieben? Ah ja, der Waldschrat. Meinst du, dass da etwas dran ist?"

Ich erzählte ihm von meinem Besuch in Buchfart vor zwei Tagen. Sowohl die Eltern der jungen Frau, der Mutter von Zeisigs unehelichem Kind, als auch sie selbst bestätigten mir, dass Zeisig während der infrage kommenden Zeit bei ihnen gewesen ist. Sie konnten sogar auf eine Zeugin verweisen, ihre Nachbarin, die kurz auf Besuch gekommen war. Sie hatten das auch in der Zeitung mit den großen Buchstaben gelesen und waren entsetzt, wie sehr den Redakteuren die Sensation über die Wahrheit ging.

„Fritz? Niemals!", hatte die junge Frau gesagt. „Ich habe sowieso nie begriffen, wie er mit dem Gewehr durch den Wald streifen und auf Tiere schießen kann. Nein, Fritz nicht. Nie!“

„Dünn wie Kantinenkaffee.“ Zahn überlegte wahrscheinlich schon, was er dem Innenminister erzählen sollte, während er mit mir sprach. Im Februar sollte gewählt werden. Der Mann brauchte handfeste Erfolge seiner ermittelnden Behörde. Er würde so gern Minister bleiben. „Übrigens“, fiel dem Oberstaatsanwalt plötzlich ein, „den Albert ...“ Ich wusste erst gar nicht, von wem die Rede war und vergewisserte mich: „Der Staatssekretär?“

„Sag ich doch. Den lässt du in Ruhe.“

„Da haben wir auch nichts unternommen“, erwiderte ich.

„Sag ich's doch. Der ist zwar nicht der sympathischste Zeitgenosse, aber fachlich kannst du dem nicht an die Wade pinkeln. Bring mir Ergebnisse, Ponte! Das war's.“

Ich erhob mich, um mich von ihm zu verabschieden. Da betrat seine Sekretärin unangemeldet das Zimmer. Sie hatte einen geöffneten Brief in der Hand, den sie ihrem Chef vorlegte. „Das müssen Sie lesen, Chef! Gleich.“

Ich schickte mich an zu gehen.

„Ist vielleicht besser, Sie bleiben noch einen Moment“, sagte sie in meine Richtung.

Da hörte ich Zahn laut fluchen und blieb überrascht stehen. „So eine Scheiße! Dienstaufsichtsbeschwerde der Apothekerin Frau Doktor Schildheim, betreffend den Hauptkommissar Ponte. Das hat mir gerade noch gefehlt. Was war denn da los?“

Fünf Monate lang liefen wir einem Phantom hinterher. Einmal schien es, als ob wir Erfolg haben könnten. Die Kollegen vom Verkehr hatten zufällig von unserer Suche nach einem blauen Polo erfahren. Ja, da läge eine Anzeige vor. Aber es stellte sich heraus, dass das Auto bereits drei Tage vor dem Giftanschlag im Forsthaus abhandengekommen war und nie wieder aufgefunden wurde. Wer weiß, in welchem Nachbarland es seinen neuen Besitzer erfreute.

In diesen Monaten beschäftigte uns zudem die Suche nach zwei Tätern, die von der Autobahnbrücke bei Gelmeroda große Steine auf unter der Brücke durchfahrende Autos geworfen hatten. Einer durchschlug die Frontscheibe eines PKW. Die Fahrerin, eine junge Frau, konnte dem Geschoss nicht ausweichen, riss das Lenkrad nach rechts, überschlug sich mehrfach – und konnte nur noch tot aus dem Wrack geborgen werden. Nach mühsamer Recherche fanden wir die Täter: Zwei Burschen, elf und zwölf Jahre alt, wollten mal sehen, was passiert, wenn sie mittelgroße Steine von der Brücke auf die darunter liegende Fahrbahn werfen. Die erste Reaktion ihrer Eltern lautete: „Denen können Sie nichts anhaben. Die sind minderjährig." Da muss man sich schon sehr beherrschen, um nicht aus der Rolle zu fallen.

Jedenfalls ordnete Zahn Anfang Mai an, die Suche nach der Frau und dem möglichen Mörder, falls es sich nicht um die Frau selbst handelte, einzustellen. So etwas frisst an meinem Ehrgeiz. Ein Fall, noch dazu diesen Ausmaßes, den wir nicht aufklären konnten, das ist eine schwere Niederlage. Da hilft auch kein wohlmeinendes: „Es gibt keine hundertprozentige Aufklärung." Das ist, als hätte man eine große Narbe, die zwar verheilt, aber bei jedem Wetterwechsel schmerzt. Und für Wetterwechsel, also die Erinnerung an den nicht gelösten Fall, sorgte manche Kleinigkeit. Neulich hörte ich das Lied vom Jäger aus Kurpfalz. Wie das im Unterbewusstsein funktioniert, weiß ich auch nicht. Aber mir fiel Fritz Zeisig ein, unser Revierförster, und das ungute Gefühl war wieder da.

Wir brachten die wenigen Beweisstücke in die Asservatenkammer und die Protokolle in die Ablage.

Lilli merkte natürlich, dass mir eine Laus über die Leber gelaufen sein musste. Und sie erriet schnell den Grund. Aber statt in der Wunde zu bohren, erfand sie ein gut wirkendes Pflaster. „Sag mal, Buchfart. Du hast mir mal erzählt, dass es sich lohnen würde, dorthin einen Ausflug zu machen. Was hältst du von Sonnabend?"

Ihr Vorschlag überraschte mich, aber ich ahnte die Absicht. „Lilli, Schatz, ausgerechnet Buchfart?"

„Wenn du einen Autounfall hattest und nicht so bald wie möglich wieder hinter dem Steuer sitzt, wirst du ewig an den Unfall denken und vielleicht den nächsten verursachen."

Ich begriff schon, wohin Lillis Bemerkung zielte, aber ich hatte keine Lust, mich auf das Thema einzulassen. Der Fall war archiviert. Und sollte ich dem Förster zufällig in Buchfart begegnen, dann wäre das kein Grund, ein schlechtes Gewissen zu haben. Von uns ist damals nichts an die Zeitung durchgesickert.

„Also meinetwegen. Aber meinst du, dass das für die Kinder besonders interessant ist?" Ich erinnerte mich der Wanderungen mit Vater auf dem Goetheweg und seinen ausführlichen Erklärungen und Belehrungen.

Lilli hatte eine andere Idee. Inés, die Frau ihres einstigen Kollegen aus der Bibliothek, hütete manchmal unsere Kinder, wenn wir beide dienstlich unterwegs sein mussten oder erst spät am Abend nach Hause kommen konnten. Bastienne und Bastian liebten die Spanierin. „Sie hat mich gefragt", erzählte Lilli, „wie man zum Erfurter Zoo kommt. Den wollte sie mit ihrem Mann besuchen. Sie hatte die Frage noch gar nicht richtig ausgesprochen, da riefen die Kinder begeistert: Wir auch! Wir auch!"

„Und?“

„Du hättest doch nichts dagegen, oder?“ Sie hatte längst alles organisiert. Die Kinder waren versorgt, der Ausflug nach Buchfart gebongt.

„Aber ich laufe auf keinen Fall die sieben Kilometer.“

„Nein, alter Mann, wir fahren.“

Inés holte die Kinder Samstag früh ab. Sie waren so begeistert von dem Ausflug, dass sie sich nicht einmal umdrehten, als sie das Haus verließen. „Gewöhn dich dran, Schatz“, tröstete ich Lilli, die ein bisschen traurig war, dass ihr Winken nicht erwidert wurde. „Sie beginnen mit dem Abnabeln.“

Wir räumten noch schnell die Küche auf. Mein Part war wie immer das Bestücken der Spülmaschine. Ich hatte dafür ein festes System. Tassen hinten links oben. Die Teller vorn unten, und zwar stets im Wechsel von groß und klein, damit sie auch gut gespült werden können. Der Besteckkasten rechts. Manchmal stellte Lilli mein System auf den Kopf, um mich zu necken.

Der Picknickkorb blieb in der Speisekammer. „Es gibt dort eine herrliche Auswahl Thüringer Kuchen. Freitags backen die immer. Und guten Kaffee dazu.“ Den Tipp hatte sie von einer Kollegin.

Ich holte den Wagen aus der Garage und parkte ihn vor dem Haus.

„Ich fahre“, sagte Lilli.

Die Bestimmtheit verblüffte mich. „Also gut, es ist dein Tag."

Sie lachte spitzbübisch. „Es ist unser Tag." Die Doppeldeutigkeit des Satzes begriff ich erst später, als wir in Buchfart auf der überdachten Holzbrücke standen, die über die Ilm führt.

Ich lehnte mich bequem im Beifahrersitz zurück und hatte meinen Spaß daran, von meiner Frau kutschiert zu werden. Wenn ich fuhr, kommentierte sie gern: Da vorn ist ein Stoppschild; Achtung Kreisverkehr, da will einer überholen. Ich hatte es längst aufgegeben, ihre Kommentare zu kommentieren. Der Beifahrer hat einen anderen Blickwinkel und der Fahrer stellt sich rechtzeitig auf die jeweilige Situation ein. Ich glaube, Lilli hatte ein Problem damit, gefahren zu werden, weil sie dann meinte, dem Kutscher ausgeliefert zu sein. Ich hatte die Sorge nicht, jedenfalls nicht bei Lilli. Bei Hans war das schon etwas anderes. Der pflegte einen sehr unorthodoxen Fahrstil.

Am Ende der Helmholtzstraße bog Lilli rechts in die Belvederer Allee ein.

„Irgendwie komisch ist das schon", sagte ich. „Ein Ausflug ohne die Kinder."

Meine Frau lachte. „Mach dir keine Sorgen, Papa, die werden auch einen schönen Tag haben. Das nächste Mal können wir sie ja wieder mitnehmen."

Ich wusste nicht, woran es lag, aber ich hatte das Empfinden, dies sei ein besonderer Tag und Lilli verfolge eine bestimmte Absicht mit dem Ausflug. Sie wusste, dass mir der ungelöste Fall vom Forsthaus noch immer quer im Magen lag. Wollte sie mir mit dem Ausflug nach Buchfart, wo Zeisigs Tochter mit ihrer Mutter lebte, den Beweis liefern, dass mein ungutes Gefühl, das ich noch immer hatte, wenn ich, ausgelöst durch eine unwichtige Erinnerung, an den Förster denken musste, übertrieben und grundlos war?

„Oder wollen wir in Belvedere bleiben? Die Orangerie ist wieder in voller Blüte."

Ich schrak aus meinen Gedanken auf. „Welche Orange… Ja, warum nicht?"

„Ekke Ponte, du hast mir gar nicht zugehört", sagte Lilli vorwurfsvoll. „Kannst du nicht einmal einfach die Seele baumeln lassen?"

Ich entschuldigte mich. „Buchfart, Schatz. Ich denke, Buchfart ist sehr schön. Sie werden schon ihren Spaß im Zoo haben." Ich dachte, sie hätte vorher von den Kindern geredet.

Lilli sah mich von der Seite an und lächelte milde. „Buchfart ist schön." Das hätte das Orakel von Delphi sagen können. Aus Erfahrung wusste ich, dass Lilli gern mit kleinen Geheimnissen spielt und dass es wenig bringt, wenn man etwas aus ihr herausfragen wollte. Also versuchte ich es erst gar nicht.

„Wieso ausgerechnet Buchfart?“, probierte ich es auf einem Umweg.

Das Manöver war zu durchsichtig. Lilli schmunzelte. „Hat nichts mit dir zu tun, mein Schatz. Ich war vor einer Woche mit meinem Chef in Bad Berka. Wegen einer Straßensperrung mussten wir den Rückweg über die B87 nehmen. Da kamen wir durch Buchfart. Leider hatten wir keine Zeit für eine Tasse Kaffee. Und den will ich heute mit dir trinken.“ Spitzbübisch lächelnd setzte sie hinzu: „Unter anderem.“

Wir fuhren die Belvederer Allee hoch, vorbei am Hotel Leonardo, das einst zu DDR-Zeiten für gut betuchte und mit harter Währung zahlende Besucher aus dem Westen gedacht war. Auf dem links von der Allee liegenden Sportplatz herrschte Hochbetrieb. Fußballspieler jagten einem Ball hinterher. Danach passierten wir die Durchgangsstraße zum östlich gelegenen Oberweimar. Vorbei am Ortsteil Ehringsdorf, dem gegenüber auf der rechten Seite das Haus Hohe Pappel stand, das im Jugendstil erbaute einstige Wohnhaus des Architekten Henry van de Velde. Die Allee stieg leicht an, bis wir die Anhöhe Eichenleite mit dem Schloss und dem darin untergebrachten Rokokomuseum erreichten. In einer scharfen Rechtskurve führte die Allee weiter bis zur Autobahn, wo sie in die Landstraße nach Vollersroda überging.

Ich hatte meine Grübelei, was hinter Lillis Plan stecken könnte, längst aufgegeben. Ich genoss die thüringische Landschaft. Die Gegend war mir nicht völlig unbekannt. Vater hatte uns häufig auf dem Goethewanderweg dozierend durch diesen Landstrich geführt. In unmittelbarer Nähe befand sich der Lyonel-Feininger-Radweg. Den hätte ich gern einmal mit Lilli erkundet, aber Lilli und Radfahren ging gar nicht zusammen. Wenn sie rechts aufstieg, fiel sie links wieder runter.

Wir fuhren durch Vollersroda, ein kleiner gepflegter Ort, wie man solche Siedlungen häufig in Thüringen findet, kaum mehr als 200 Einwohner. Feininger hatte die alte Kirche mit dem imposanten Wehrturm mehrfach gemalt und gezeichnet.

Noch einmal stieg die Straße steil an, rechts und links der Chaussee freies Feld. Die Spitzen der Wintergerste lugten vorsichtig aus dem Boden. Auf der Höhe begann der Buchenwald. Wir fuhren auf der kurvenreichen Strecke ins im Ilmtal gelegene Buchfart. Lilli lenkte das Auto auf den Parkplatz nahe der hölzernen Brücke, die beidseitig mit Holzwänden bebaut war. Wir schlenderten gemächlich bis in die Mitte. Aus fenstergroßen Öffnungen konnte man auf das um diese Jahreszeit harmlose Flüsschen blicken. Wenn das Frühjahrshochwasser aus den Bergen des Thüringer Waldes zu Tale strömte, wurde daraus ein reißender Fluss, der große Schäden anrichten konnte.

Während wir ins Wasser blickten, lehnte sich Lilli an mich und sagte: „Ich liebe Brücken." Dabei sah sie mich schelmisch an.

Und da begriff ich. Jannowitzbrücke! Auf der Jannowitzbrücke in Berlin hatten wir uns das erste Mal geküsst und heute war unser Ersterkussjahrestag. Ich schlug mir mit der flachen Hand an die Stirn. „Ich Esel! Wie konnte ich das Datum vergessen? Schatz, zur Entschuldigung zahle ich nachher den Kaffee."

„Und den Kuchen dazu!"

Ich konnte nichts erwidern, denn sie schloss mir auf die schönste Weise den Mund.

Wir suchten die kleine Gaststätte auf, in der es den selbstgebackenen Kuchen und die wunderbaren Brötchen gibt. Die Wirtin nickte mir freundlich zu und sagte: „Guten Tag, Herr Kommissar."

Verblüfft starrte ich sie an. Da fiel es mir wieder ein, woher wir uns kannten. Ihre Tochter hatte das Kind mit Förster Zeisig. Sie hatte mir seinerzeit bestätigt, dass er zur infrage kommenden Zeit bei ihrer Tochter und Enkeltochter gewesen ist.

„Kommt Herr Zeisig noch oft nach Buchfart?", fragte ich.

Sie schüttelte verneinend den Kopf. „Er ist doch damals weggezogen. Nach Rövershagen, irgendwo bei Rostock, zu seinem Freund. Wissen Sie, die Zeitungsleute ahnen manchmal gar nicht, was sie anrichten. Er war es doch gar nicht. Er war es ganz bestimmt nicht. Drei Tage später schrieben sie ja auch, dass sich der Verdacht nicht erhärtet hat und der Förster wahrscheinlich gar nichts mit der Sache zu tun hat."

Die kleine Notiz auf Seite fünf hatte ich auch gelesen. „Aber das ist doch kein Grund wegzuziehen."

„Ach, Herr Kommissar, Sie wissen doch, wie die Leute sind. Und eine Verleumdung ist wie ein Furz. Man kann ihn nicht einfangen, aber es stinkt noch lange."

Ich begriff. Uns war es nicht gelungen, den Mörder oder die Mörderin ausfindig zu machen. Da hielten sich die Menschen an das, was sie zu wissen glaubten. Es hat schließlich in der Zeitung gestanden.

„Seine Frau hat es ihm wohl auch nicht verziehen. Er hätte es von Anfang an sagen müssen. Was kann meine arme Tochter dafür? Und mein Enkel schon gar nicht. Sie werden jetzt wohl auch nach Rövershagen ziehen. Da kriege ich sie nur noch aller Heiligen zu sehen. So ist das eben. Wir haben übrigens frische Wurst im Angebot und selbst ausgelassenes Fett, Herr Kommissar."

Fast wäre der schöne Tag, den mir Lilli bereiten wollte, in Traurigkeit umgeschlagen. Die Geschäftigkeit, mit der die Wirtin ihre Ware anbot, erheiterte mich. Und bei Wurst direkt vom Bauernhof bin ich eh korrumpierbar. Wir kauften mehrere verschiedene Gläser ein, dazu ein rundes Bauernbrot und ein Dutzend Brötchen, wie es sie zu DDR-Zeiten gegeben hatte.

Ich entdeckte ein Blech mit LPG-Kuchen. Eine kräftige Schokoladenmischung bedeckte mehrere Reihen Kekse. Mir lief eine kleine Pfütze auf der Zunge zusammen. Wann hatte ich das zum letzten Mal gegessen?

„Wieso eigentlich LPG-Kuchen?", erkundigte sich Lilli.

Da konnte ich wieder einmal schön angeben mit meinem Wissen. „LPG", sagte ich, „Landwirtschaftliche Produktionsgenossenschaften in der DDR. Die Felder der ehemaligen Einzelbauern wurden zu den großen Flächen zusammengelegt wie die Kekse auf dem Kuchenblech."

„Was du alles weißt!", lobte mich meine Frau, da saßen wir bereits wieder im Auto.

Der Duft der frischen Backware erfüllte den Innenraum. Lilli gestattete mir, auf dem Heimweg am Steuer zu sitzen.

Wir genossen die Schönheit der Landschaft. Jeder hing seinen Gedanken nach. Es waren, wie sich herausstellte, die gleichen Gedanken, denn Lilli erklärte unvermittelt: „Er hätte es ihr sagen müssen."

Ich nickte. Verschweigen ist ein zäher Lehm. Wer da den Fuß hineinsetzt, verliert Schuh und Strumpf, wenn er wieder auf sicheres Land will. „Hätte er."

„Ich könnte dir das auch nicht verzeihen", setzte Lilli ihre Gedanken fort. „Nicht das Fremdgehen, meine ich. Aber wenn du es mir nicht gestehen würdest und ich es erst durch Dritte erfahren müsste."

Ich wollte nicht, dass es zu ernst würde. „Da habe ich aber noch einmal Schwein gehabt bisher."

„Untersteh dich!" Und dann, ganz lieb: „Es war schön auf der Brücke. Damals und heute." Sie beugte sich zu mir. Die Verkehrspolizei hätte nicht sehen dürfen, wie sich der Mann am Steuer zur Seite drehte und den Kuss mit geschlossenen Augen erwiderte.

Mit Geduld und Spucke fängt man jede Mucke. Das war so eine Redensart meiner Oma Paula. Oder: In der Ruhe liegt die Kraft. Ich kann mich nicht erinnern, sie je aufgeregt, hektisch oder nervös erlebt zu haben. Oma hatte die Ruhe weg. Hätte ich doch diese Eigenschaft von ihr geerbt!

November. Wir näherten uns dem ersten Jahrestag des Mordes im Forsthaus, wenn man ein solches Verbrechen jahrestaglich begehen sollte. Immer wieder einmal erinnerten mich kleine Begebenheiten oder Ereignisse daran, dass es uns nicht gelungen war, den Fall, der nun in den Archiven dämmerte, aufzuklären. Ja, ich weiß, manches Verbrechen wird nie aufgeklärt und der Täter nimmt sein Wissen mit ins Grab. Soll ich deswegen sagen:

Ist halt so? Ein ungelöster Fall ist eine Niederlage. Und mit Niederlagen habe ich meine Probleme. Es geht mir dabei aber weniger um den Täter oder um die Täterin. Das Opfer ist es, dem ich nicht zu seinem Recht verhelfen konnte. Wer war die Frau im Forsthaus? Opfer oder Mörderin?

Denke ich an den November des vergangenen Jahres zurück, so erinnere ich mich noch sehr wohl an die enormen Schneemassen, die, ungewöhnlich für diese Zeit, das Land mit einem dichten Plumeau bedeckt hatten wie Oma mich einst in ihrem mächtigen Bauernbett. Dicke Unterlage, darauf ich, darüber das gewaltige Federbett. Von Daunen übrigens, die sie selbst gezupft hatte.

Dieser November hatte seinen Pass gefälscht und kam fast wie Vorfrühling daher.

Hans verband mit diesem Novembertag eine ganz andere Erinnerung. Vor vier Jahren war Inge, seine Frau, gestorben, die er über Jahre aufopferungsvoll gepflegt hatte, wohl wissend, dass es kein gutes Ende nehmen konnte.

„Hast du was dagegen, wenn ich mal für eine Stunde weg bin?", fragte er mich. „Nur ein paar Blumen."

Ich nickte. „Handy hast du ja mit, falls was ist."

Als er gegangen war, kam Astrid zu mir. „Er macht sich noch immer Vorwürfe, dass er ihr nicht hat helfen können. Ich glaube, er hat sie sehr geliebt." Hörte ich da so etwas wie Bitternis heraus? Astrids

Ehe war an der törichten Eitelkeit ihres Mannes gescheitert. Und dass sie seither quasi Unterschlupf bei ihren Eltern in ihrem einstigen Kinderzimmer hat nehmen müssen, schnürte ihr mitunter die Luft ab. Natürlich hätte sie sich eine eigene Wohnung suchen können, aber das litt ihre Mutter nicht. „Willst du uns jetzt auch noch allein lassen?", hatte sie gesagt, als wäre die Tochter schuld daran, dass die Ehe nicht gehalten hat.

Eltern sind manchmal sehr ungerecht. Sie meinen, die Kinder seien für Vater und Mutter verantwortlich, wenn die in die Jahre kommen. Verantwortlich schon, aber nicht aus einem Pflichtgefühl heraus. Ohne Liebe wächst kein Gras. Auch so ein Satz von Oma Paula.

Hans kam bereits nach einer halben Stunde zurück und ich sah ihm an, dass etwas Besonderes passiert sein musste.

„Wisst ihr, wen ich auf dem Friedhof gesehen habe?", fragte er aufgeregt in die Runde. Wir hatten uns gerade zu einer gemeinsamen Kaffeepause hingesetzt.

Entgegen seiner sonstigen Geheimnistuerei konnte er die Neuigkeit diesmal nicht für sich behalten und gab uns keine Zeit, nach der Erscheinung zu fragen. „Die Frau!", platzte er heraus.

Wir sahen einander fragend an. „Welche Frau?", wollte Elke wissen.

„Na, die Frau! Die aus dem Forsthaus!"

Hatten wir gerade noch entspannt vor unserer Tasse Kaffee gesessen, waren wir plötzlich wie elektrisiert. „Moment mal", sagte ich noch ziemlich ungläubig, „Du meinst die Frau, die mit den drei Männern Schraps hat den Hut verloren …? Nee, die doch nicht!"

„Doch!", erwiderte Hans. Und man sah ihm an, dass er den Triumph gar nicht verbergen wollte. „Genau die."

Astrid stellte ihm eine Tasse Kaffee hin. „Dann erzähl mal, Kommissar Maigret."

Hans verzog unwillig das Gesicht, aber er ließ sich durch Astrids kleine Frotzelei nicht aus dem Konzept bringen. „Ich war auf dem Friedhof. Ihr wisst ja." Wir wussten.

„Jedenfalls", setzte er umständlich an, weil er uns ein wenig auf die Folter spannen wollte. „Ich war an Inges Grab. Als ich die Blumen ablegte, sah ich drei Reihen weiter eine Frau, die ebenfalls Blumen mit hatte. Allerdings wunderte ich mich, dass sie nur einen der drei mitgebrachten Sträuße auf das Grab legte und mit den beiden anderen in der Hand nach einem kurzen Aufenthalt weiterging. Jedenfalls", wieder eine künstliche Pause, während der er unsere fragenden Blicke genoss, „jedenfalls machte mich das neugierig. Ich meine, drei Sträuße an einem Tag. Und wie eine trauernde dreifache

Witwe sah die auch nicht aus, obwohl sie ein seidenes Kopftuch trug, das nur einen Teil des Gesichts frei ließ."

„Hans", sagte ich ungeduldig, „du behauptest, das sei die Frau aus dem Forsthaus gewesen? Weil sie drei Sträuße auf den Friedhof trug? Entschuldige, aber das ist doch nur eine Spekulation."

Er reagierte fast beleidigt auf meinen Einspruch. „Darf ich zu Ende reden?"

Astrid sagte: „Er macht es eben gern ein bisschen spannend. Hans, wieso kommst du zu der Vermutung?" Astrid konnte so etwas immer um eine Spur freundlicher ausdrücken. Mit Erfolg, denn Hans' Miene hellte sich wieder auf.

„Einmal Kriminaler, immer Kriminaler. Als die Frau weiterging, schaute ich nach, auf wessen Grab sie den ersten Strauß abgelegt hatte." Wieder blickte er sich triumphierend um, aber ich tat ihm nicht den Gefallen zu fragen, auf wessen Grab die Blumen gelegt wurden. Und auch Astrid und Elke taten ihm nicht den Gefallen. Da musste er es sagen.

„Der Apotheker!"

Ich gebe zu, die Antwort verschlug mir für einen Moment die Sprache. Wenn jemand dem Apotheker Schildheim, und nur um den konnte es sich handeln, sonst wäre Hans' Beobachtung ohne Bedeutung gewesen, wenn also jemand auf Schildheims Grab an dessen erstem Todestag Blumen hinterließ, war das eine durchaus bemerkenswerte Beobachtung. Die Ehefrau ist es bestimmt nicht gewesen. Doch so vorschnell wie Hans wollte ich nicht schlussfolgern. Es hätte Schildheims Schwester sein können oder eine gute Bekannte.

Hans schüttelte den Kopf. „Ich folgte der Dame scheinbar zufällig." Wieder diese Pause. Dann: „Was glaubt ihr, wessen Grab sie danach aufsuchte?"

Ich atmete hörbar aus. Hans begriff, dass er den Bogen zu überspannen drohte. Also beantwortete er seine Frage selbst: „Grauwacke!"

Das war kein Zufall mehr. Und Elke nahm Hans die dritte Antwort ab: „Und dann kam Helmreich."

Er nickte. „Und dann kam Helmreich."

Ich gebe zu, nach der mich grämenden Enttäuschung, den Fall als unerledigt ablegen zu müssen, war dies so etwas wie das berühmte Licht am Ende des Tunnels. Und ich musste eingestehen, dass Hans eine ziemlich gute Kriminalistennase hat.

„Wenn eine Frau", überlegte Astrid laut, „am Todestag der drei Männer Blumen auf deren Gräbern ablegt, ist das kein Zufall. Aber ist sie deshalb die von uns gesuchte vierte Person aus dem Forsthaus?"

Voreilige Schlüsse können kapitale Irrtümer zur Folge haben. In der Hoffnung, endlich eine heiße Spur zu haben, übersieht man scheinbar Nebensächliches. Astrids Frage war berechtigt, wenngleich ich mir nicht vorstellen konnte, wer sonst als die von uns gesuchte Frau auf dem Friedhof an den Gräbern der Ermordeten gewesen sein soll. „Und?", fragte ich Hans, denn ich sah, dass er mit seiner Geschichte noch nicht am Ende war.

„Ich bin ihr gefolgt. Unauffällig natürlich. Sie verließ den Friedhof Richtung Parkplatz an der Berkaer Straße. Dort stieg sie in einen kleinen Wagen."

„Ein blauer Polo?", fragte Elke hastig.

Er schüttelte den Kopf. „Nein. Blau stimmt, aber nicht Polo. Golf."

Die Frau des Försters war sich damals ganz sicher gewesen. Nun könnte es ja sein, überlegte ich, dass die Frau aus irgendeinem Grund den blauen Polo von damals verkauft hatte, um ihn gegen einen blauen Golf einzutauschen. Aber das war eigentlich unerheblich. Wie ich meinen Hans kannte, hatte er sich natürlich das Kennzeichen notiert. Und als hätte er meine Gedanken erraten, legte er einen Zettel auf meinen Schreibtisch mit dem Vermerk: „Die Halteranfrage läuft bereits."

„Warum bist du ihr nicht gefolgt?", fragte Astrid. „Du warst doch auch mit dem Auto dort."

Wenn ich die Frage gestellt hätte, wäre seine Tonlage anders ausgefallen. Fast freundlich erklärend, sagte er: „Ich hatte das Kennzeichen. Wäre ich ihr hinterhergefahren, hätte sie es vielleicht bemerkt, so clever, wie sie die Sache im Forsthaus damals vorbereitet und durchgeführt hatte. Sie darf keinen

Verdacht schöpfen, dass wir ihr auf die Spur gekommen sind. Sie wiegt sich in Sicherheit."

Ich gab Hans recht. Und selbst wenn es nicht ihr eigenes Auto gewesen sein sollte, sondern vielleicht eines ihrer Kollegen, würden wir auf indirektem Wege über die Halteranfrage herausbekommen, wer die Frau auf dem Friedhof gewesen ist. „Gute Arbeit", lobte ich Hans.

Er nahm es gelassen zur Kenntnis.

„Sehr gute Arbeit", setzte Astrid noch einen drauf. Und nun strahlte er zufrieden. Da klingelte sein Handy die Melodie mit dem Lied der „Prinzen" aus Leipzig: „Es ist alles nur geklaut." Der Mann hat Humor, dachte ich erheitert.

Die Person am anderen Ende teilte etwas offensichtlich Wichtiges mit. Das sah man Hans an. „Moment mal", unterbrach er seinen Gesprächspartner. „Zum Mitschreiben." Er nahm sein Notizbuch aus der Jackentasche. Ich gab ihm einen Stift. „Danke", sagte er ins Telefon. Das hätte auch mir gelten können. Als er das Gespräch beenden wollte, hatte der andere noch eine Mitteilung. Vermutlich hatte er gefragt, ob es ihn interessiere. „Klaro. Mich interessiert alles in dem Zusammenhang." Hans hörte zu. Sein Gesicht verfinsterte sich. „Und wann war das?" Die Antwort gefiel ihm offensichtlich gar nicht. „Trotzdem danke. Hast einen gut bei mir, Olaf."

Er sah uns prüfend an. „Ich habe eine gute und eine schlechte Nachricht. Welche wollt ihr zuerst hören?"

„Lass die Mätzchen, Hans. Was ist Sache?" Ich konnte mit seinen Hokuspokusnummern einfach nicht gelassen umgehen.

Er legte mir den Zettel hin. Ein Autokennzeichen. Darunter hatte er den Namen der Halterin geschrieben, mit etwas Mühe als Andrea Graupner zu entziffern. Die Anschrift war eine Straße in Weimar West.

„Wir fahren hin", sagte ich zu Hans.

„Jetzt?", fragte er. „Um die Zeit arbeiten die meisten Leute."

„Jetzt", entschied ich.

„Da ist noch was", hielt er mich auf, denn ich hatte mich schon erhoben, um zu gehen.

„Nämlich?" Ich befürchtete wieder so eine umständliche Nummer.

„Sie kann es nicht sein."

Verblüfft starrte ich ihn an. Auch Astrid und Elke waren komplett überrascht.

„Ich denke", versuchte es Astrid vorsichtig, „das ist die Frau? Hast du doch gesagt. Oder?"

Er kratzte sich verlegen am Hinterkopf. „Hatte ich gedacht. Olaf, mein Kumpel, hat mir erzählt, dass der blaue Golf zwar auf eine Andrea Graupner zugelassen ist, aber erst seit Ende November vergangenen

Jahres. Also drei Wochen nach den Morden im Forsthaus. Vorher hatte sie einen blauen Polo. Allerdings", habe ihm Olaf gesagt, „habe der ihrem Vater in Schwerin gehört. Und der sei ihm geklaut worden."

„Wann?", wollte ich wissen.

„Das ist es ja", erwiderte Hans kleinlaut. „Drei Tage vor den Morden."

Das Puzzle passte nicht zusammen. Frau Zeisig hatte uns glaubhaft versichert, dass eine Frau mit einem blauen Polo auf dem Hof des Forstamtes gestanden habe. Der Apotheker war ins Haus gekommen, um den Schlüssel abzuholen. Dann sei er zu der Frau ins Auto gestiegen. Ein blauer Polo, das wisse sie genau, weil ihre Kollegin auch so ein Auto fährt.

Wir spielten die Möglichkeiten durch. Das Auto war Frau Graupner gestohlen worden von jener Frau, die mit dem Apotheker und den beiden anderen Männern kurz darauf ins Forsthaus gefahren ist. Frau Graupner konnte nicht die gesuchte Person sein. Oder: Frau Graupner hatte das Auto bewusst und fälschlich als gestohlen gemeldet, um auf keinen Fall durch einen Zufallszeugen entdeckt zu werden, der sie und das Auto kannte, war aber trotzdem damit zum Forstamt und von da zum Forsthaus gefahren.

„Das ist mir zu sehr um drei Ecken gedacht", bezweifelte ich diese Variante. „Warum sollte sie riskieren, mit einem angeblich gestohlenen Auto durch die Gegend zu fahren, um einen dreifachen Mord zu begehen?"

Dritte Möglichkeit: Die Frau im blauen Polo war gar nicht Frau Graupner, sondern eine uns bisher unbekannte Person, die den Verdacht, einen dreifachen Mord begangen zu haben, gezielt oder zufällig auf die Besitzerin des Autos lenken wollte, um selbst unerkannt zu bleiben.

„Oder", sagte Elke in unsere Überlegungen hinein, „es hat nie ein blauer Polo auf dem Hof des Forstamtes gestanden."

Verblüfft starrten wir sie an. „Stimmt", sagte ich nach einer kleinen Pause. „Wir haben nur die Aussage von Frau Zeisig. Was, wenn sie uns wissentlich auf eine falsche Spur gesetzt hat, um ..." Ich sprach den Satz nicht zu Ende.

„... um ihren Mann zu schützen", vollendete Astrid.

„Was soll das Spekulieren! Hans, wir fahren zu Frau Graupner. Wenn sie nicht zu Hause ist, müssen wir eben erfragen, wo sie arbeitet."

„Sie ist Chemielehrerin", erklärte Hans. „Hatte ich das nicht gesagt? Olaf weiß so etwas. Er kennt sie nämlich."

Ich musste die Luft anhalten, um nicht laut zu werden. Und er zog den Kopf ein, weil er meinen Anschiss befürchtete. „Sorry", sagte er leise.

Ich winkte ab. Den kriege ich nicht mehr groß, dachte ich nur. „Chemielehrerin. Zyankali. Das passt doch wie Faust auf Gretchen."

„Und dieser Kalauer passt nicht zu dir", sagte Elke säuerlich. Wahrscheinlich ging es ihr gar nicht um meinen Kalauer, sondern eher um die Reaktion auf meinen leicht gereizten Ton gegenüber Hans. Wenn es gegen mich und für Hans ging, hielten die beiden Damen gern mal zusammen.

Ich nahm die berechtigte Kritik an. Dann forderte ich Hans mit einer knappen Geste auf, mit mir zu dieser Andrea Graupner zu fahren. Sollten wir dank Hans' Spürnase und dem Zufall tatsächlich auf die Frau gestoßen sein, die wir monatelang vergeblich gesucht hatten?

In dem Neubauviertel Weimar West kannte ich mich nicht aus. Hans musste mich lotsen. „Damals waren wir froh, wenn wir eine Neubauwohnung bekamen", erinnerte er sich. Mit damals meinte er die DDR-Zeit. Angesichts der mit Braunkohlebrikett beheizten Öfen und den mitunter auf abenteuerliche Weise illegal eingebauten Bädern konnte ich mir gut vorstellen, dass helle, relativ modern eingerichtete Wohnungen mit Balkon ein erstrebenswertes Ziel waren. Da nahm man die kasernenartige Bauweise hin. Ich konnte dabei nur insofern mitreden, als wir in der Berliner Zeit eine

Wohnung in Marzahn bekommen hatten. Etwas abfällig und nicht ganz gerecht sprach man von „Arbeiterschließfächern“. In Weimar hatten meine Eltern ein Haus, nicht unbedingt eine Villa, aber doch geräumig genug. Und den Garten dazu, in dem Lilli inzwischen so gern kräuterte.

„Da ist es“, sagte Hans. Er dirigierte mich auf den nahen Parkplatz. Wir stiegen aus. Ich sah mich um. So schlimm ist das gar nicht, fiel mir auf. Einige Häuser waren offensichtlich zurückgebaut oder ganz entfernt worden, die neuen Außenanstriche lockerten das einst eintönige Bild auf. Große Grünflächen mit Bäumen, Spielplätzen und Parkbänken, ein Supermarkt, kleinere Geschäfte in den unteren Etagen. Sogar eine Eckkneipe. Gar nicht so übel, dachte ich.

Wir gingen zu dem Haus mit der Nummer 12. Ich fand die Klingel: Graupner. Und drückte den Knopf. „Wahrscheinlich ist sie auf Arbeit. Chemielehrerin. Noch ist Unterricht“, überlegte ich laut.

„Wer ist da?“, tönte es aus der Wechselsprechanlage.

Ich wollte nicht gleich mit der Tür ins Haus fallen und mich mit Kriminalpolizei melden. Wer weiß, wer das sonst noch hätte hören können. „Ponte. Ich hätte ein paar Fragen.“

Kurzes Schweigen. „Ich kaufe nichts.“

„Es ist wegen dem Friedhof“, rief Hans in Richtung Lautsprecher.

„Friedhof? Meinetwegen. Aber der Fahrstuhl ist kaputt. Dritte Etage." Der Summer ertönte, die Tür ging auf.

Als wir in der dritten Etage anlangten, stand Frau Graupner in der geöffneten Tür. „Sie sind von der Friedhofsverwaltung?", fragte sie ungläubig.

Mir fiel sofort auf, dass fast ihre gesamte rechte Gesichtshälfte von einem dunkelroten Feuermal überzogen war. Das hatten wir weder auf dem Film sehen können, noch war es Hans auf dem Friedhof aufgefallen, weil die Frau ein Kopftuch getragen hatte.

„Nein, nicht Friedhofsverwaltung", sagte ich und zeigte ihr meinen Ausweis. „Hauptkommissar Ponte. Das ist", ich machte eine Geste in Hans' Richtung, „mein Kollege Brandt. Auch Hauptkommissar. Dürfen wir eintreten?"

Bereitwillig öffnete sie die Tür für uns und schloss sie wieder, als wir im Flur standen. Und dann sagte sie einen Satz, den ich nicht gleich begriff: „Habt ihr aber lang gebraucht." Es hätte um das gestohlene Auto gehen können.

„Ich müsste nur ein paar Kleinigkeiten einpacken", sagte sie. „Wird ja wohl etwas länger dauern."

Mich überraschte die Ruhe und Gelassenheit, mit der sie das sagte, denn im Grunde genommen war das bereits ein Geständnis. Mir schien, sie war sogar etwas erleichtert, weil nun alles vorbei war. „Wir warten", sagte ich. Sie brauchte nur wenige

Minuten, um eine kleine Tasche zu packen. Dann schlug sie das Kopftuch mit einem Schwung über die Haare und die rechte Wange. „Wir können."

Sie schloss die Wohnungstür zweimal ab. Auf der Treppe kam uns ihre Nachbarin entgegen. Sie gab ihr den Schlüssel und bat: „Elli, kümmerst du dich um meine Blumen und die Katze? Es dauert ein paar Tage." Ohne weitere Begründung gab sie der verdutzten Nachbarin den Schlüssel. „Danke. Und mach's gut."

Wir hatten den nächsten Treppenabsatz erreicht, erst da konnte die Nachbarin reagieren. „Mach's besser", sagte sie leise und trug ihr Einkaufsnetz in die dritte Etage.

Es sah so ganz und gar nicht nach Verhaftung einer dreifachen Mörderin aus. Zwei Herren begleiten eine Frau zum Auto. Vielleicht Kollegen? Es war aber ein Polizeiauto.

„Sie haben eine Katze?", fragte ich ziemlich sinnlos.

„Ja." Und dann lachte sie. „Hätte ich die mitnehmen dürfen?"

Als mir Andrea Graupner im Verhörzimmer gegenüber saß und die Personalien durch Astrid aufgenommen worden waren, begriff ich, dass ich mit ihr anders reden musste als üblicherweise mit einer Mörderin, die die Tat trotz eindeutiger Beweise erst einmal grundsätzlich abstritt. Die Frau machte einen – ja, wie soll ich sagen? – entspannten Eindruck, als säße sie mit uns zu einer Kaffeepause zusammen. Das verwirrte mich. Deshalb war ich Astrid dankbar, dass sie mit dem Verhör begann.

„Frau Graupner", sagte sie. „Auf den Tag genau vor einem Jahr wurden der Apotheker Dr. Schildheim, der Postbote Grauwacke und der Handelsvertreter Helmreich im alten Forsthaus durch Zyankali vergiftet."

Sie nickte. „Das stimmt." Als ob sie gesagt hätte: „Ja, wir hatten ein schönes Wochenende." Nichts deutete auf eine Erregung hin, keine Angst oder Unsicherheit war ihr anzumerken.

„Frau Graupner", schaltete ich mich nun ein, „wir reden hier von drei grausamen Morden."

Wieder dieses fast freundliche Nicken. „Ich weiß."

„Sie bestreiten nicht, die Tat begangen zu haben?"

„Nein. Warum sollte ich? Ich war es doch."

Die scheinbare Gefühllosigkeit schockierte mich. Ich brachte es aber auch nicht fertig, sie direkt anzusehen. Das entstellte Gesicht machte mich unsicher.

„Gut", führte Astrid die Befragung weiter. „Sie geben zu, die Morde begangen zu haben. Erzählen Sie uns, warum und vor allem wie Sie das gemacht haben."

Sie rührte den Kaffee um. „Kann ich noch etwas Zucker nehmen? Ich brauche immer fünf Stück

Würfelzucker. Wussten Sie, dass man gut 66 Würfelzucker, also etwa 200 Gramm, in 100 Milliliter Flüssigkeit auflösen muss, um eine gesättigte Lösung zu bekommen?"

Ich schob die Zuckerdose über den Tisch. „Mich interessiert eine ganz andere Lösung, Frau Graupner."

Sie nahm sich den Zucker und ließ drei Stück vorsichtig in den Kaffee fallen. „Ich verstehe Ihre Frage nicht", erklärte sie in einem höflichen Ton. „Warum wollen Sie das alles wissen? Ich habe es getan. Das muss Ihnen doch genügen."

Ich erklärte ihr, dass uns das nicht genügt. Das einfache Geständnis reicht für eine Anklage nicht aus. Abgesehen davon, dass wir auch schon Menschen vor uns hatten, die aus den unterschiedlichsten Gründen eine Tat gestanden haben, die von einer ganz anderen Person begangen worden war, musste die Anklageschrift des Staatsanwalts auf möglichst nachprüfbaren Fakten oder doch mindestens einer überzeugenden Indizienkette beruhen.

„Möchten Sie einen Anwalt?", erkundigte sich Astrid.

„Nein. Wozu? Ich sage doch: Ich war es. Ich habe die drei mit Zyankali vergiftet. Das muss Ihnen genügen." Sie sah mir ohne mit der Wimper zu zucken gerade ins Gesicht. Dieses grässliche Feuermal, das die rechte Gesichtshälfte fast völlig bedeckte, zwang mich ebenso oft hinzusehen wie es mich zwang, meinen Blick von der Frau abzuwenden.

Als ob sie meine Empfindung erraten hätte, sagte sie: „Feuerfresse. Schon als Kind wurde mir das hinterhergerufen. Das geschah zwar seltener, als ich erwachsen war, aber die Blicke der Leute sagten mir das Wort, als sprächen die Leute es aus. Ich bin die Feuerfresse. Eine hässliche Alte, eine Hexe. Ich sehe es Ihnen an, dass Sie nicht anders denken können, Herr Ponte. Es ist Ihnen unangenehm, mich ansehen zu müssen. Das macht nichts. Ich habe mich daran gewöhnt."

Meinen Widerspruch tat sie mit einem Lächeln ab. „Ich bin jetzt Mitte vierzig. Ich habe keinen Mann. Sobald ich das Tuch ablege, ergreifen die Kerle die Flucht. Aber ich bin eine Frau und ich habe Bedürfnisse wie jede andere Frau auch. Ich musste die Kerle schon besoffen machen, wenn ich sie ins Bett kriegen wollte. Sehen Sie mich nicht so verdutzt an, Herr Kommissar. Im Klartext: Wer fickt schon freiwillig so ein Monster wie mich?"

Auf diese Tonlage wollte ich mich nicht einlassen. Im Übrigen sei ja so ein Feuermal, wie sehr man auch darunter leiden mag, kein Grund, drei Menschen umzubringen.

„Die moderne Medizin kennt verschiedene Methoden, wenn eine aufwendige Camouflage nichts bringt", hielt Astrid dagegen. „Ich hörte von einer

Lasertherapie. Blitzlampen-gepumpter Farbstofflaser, wenn ich mich recht erinnere."

„Schöner Tausch", spottete sie, „Feuerfresse gegen Narbenfresse. Ich kenne das Verfahren. Das geht über mehrere Jahre, mindestens zehn Sitzungen aller zwei Monate. Pest oder Cholera. Von der Nebenwirkung der zusätzlich einzunehmenden Medikamente gar nicht zu sprechen. Was soll's? Ich kenne mich nicht anders. Es ist, wie es ist."

Ich spürte eine Aggressivität in ihrer Stimme aufkommen. Das war mir sogar recht. Vielleicht verleitete sie der Zorn, der sie ihr Leben lang begleitet haben muss, ihre scheinbare oder anscheinende Gelassenheit aufzugeben. Wir saßen hier nicht bei Kaffee und Kuchen beisammen.

Astrid schien diese Veränderung in ihrer Stimmung ebenfalls zu bemerken und änderte ihrerseits auch die Stimmlage. „Frau Graupner, wenn jeder, der einen solchen ..." Sie zögerte ein wenig.

„Makel. Sagen Sie es ruhig, Frau Kommissarin. Makel ist doch ein freundliches Wort."

Astrid schüttelte den Kopf. „Darauf lasse ich mich nicht ein, Frau Graupner. Ich konzediere, dass ein solches rötlich-violettes Feuermal alles andere als eine harmlose Sache ist, aber berechtigt Sie das zu drei grausamen Morden? Muss denn einer, der zum Beispiel sein Bein verloren hat, einen anderen deswegen totschlagen, der zwei Beine hat?"

Ich erhöhte den Druck und erklärte ihr, dass ein klares Geständnis einschließlich aller Details sich strafmildernd auswirken würde.

Sie lächelte milde. „Guter Versuch, Herr Kommissar. Paragraph 211 Strafgesetzbuch. Der Mörder wird mit lebenslanger Freiheitsstrafe bestraft. Da steht nichts von strafmildernd."

„Es war Rache", wollte ihr Astrid eine Brücke bauen. „Die drei Männer haben sich über Ihr Aussehen lustig gemacht, Sie verspottet. Vielleicht hat einer Feuerfresse gesagt. Da packte Sie die Wut und Sie haben die Männer vergiftet."

Diese Version bezweifelte ich, aber ich widersprach meiner Kollegin nicht. Die Tat geschah nicht spontan. Sie war gründlich vorbereitet und präzise ausgeführt worden. Außerdem hatte die Graupner mit solch verächtlichem Spott ein Leben lang zu tun gehabt. „Woher hatten Sie denn das Gift?", erkundigte ich mich.

„Ich bin Chemielehrerin und kann mit dem Zeug umgehen. Der Apotheker hat es mir besorgt. Er ist ja tot. Da kann ich ihm nicht mehr schaden."

Astrid wollte wissen, woher sie die Männer kannte und welcher Art ihre Beziehung zu ihnen war.

„Keine Beziehung", sagte die Frau in der gleichbleibenden gelangweilten Stimmlage. „Es ging nur ums Ficken."

Mich schockierte nicht nur die Antwort, auch die Art und Weise, wie sie das sagte, missfiel mir sehr, als hätte sie gesagt, dass sie sich wegen harmloser Spiele regelmäßig getroffen hätten. Einfach so zum Zeitvertreib.

„Frau Graupner", überging ich ihre vulgäre Ausdrucksweise, „Sie sind eine junge, gut aussehende Frau."

Da lachte sie und hielt mir ihre rechte Wange entgegen. Auch darauf reagierte ich nicht. „Ich nehme Ihnen nicht ab, dass Sie Männer nur mit Alkohol ins Bett bekommen."

„Und Schraps hat den Hut verloren ist auch nicht so prickelnd", ergänzte Astrid.

„Das stimmt", gab sie zu. „Die alten Knacker waren einfach nur geil auf 'was Junges. Na und? Ich hatte meinen Spaß dabei. Kommen Sie mir also nicht mit Moral und so."

Das war auch nicht unser Part. Wenn sie, wie sie behauptete, ihren Spaß dabei hatte – von mir aus! Auch wenn ich mir nicht vorstellen wollte, wie das ging: drei Männer und eine Frau.

Sie trafen sich in regelmäßigen Abständen für ihre Spiele. Sie war der Preis. Es war ihr auch egal, wer es von den Dreien war. „Schwanz ist Schwanz", erklärte sie. Im Übrigen habe sie eine Augenbinde getragen. Das gehörte zum Spiel. Und wenn es zur Sache ging, wie sie sich ausdrückte, dann machten sie es gleich an dem großen Tisch. Ja, sie wisse nicht, ob es immer nur einer war oder ob sie sich abgewechselt hatten. Das sei ihr auch alles egal gewesen. Manchmal waren sie sogar richtig nett.

Während dieser Schilderung wechselte ich mehrmals die Blicke mit Astrid. Ich sah ihr an, dass sie Mühe hatte, die Frau nicht einfach eine dreckige Schlampe zu nennen. Aber ich hatte meine Zweifel. Die Derbheit ihrer Ausdrucksweise und die Direktheit, mit der sie die Orgien im Forsthaus beschrieb, passten eigentlich gar nicht zu ihr. Das Feuermal war nur äußerlich. Die eigentliche Verletzung war ganz anderer Natur. Sie saß viel tiefer. Der boshafte Spott, den sie als Kind hat ertragen müssen, vielleicht auch das ebenso offen gezeigte Mitleid hatten sie in eine Einsamkeit getrieben, aus der ihr auch ehrliches Wohlwollen nicht mehr heraushalf. Sie war misstrauisch und aggressiv geworden. Hinter einem Panzer aus scheinbarer Schnoddrigkeit verbarg sie, wie verletzlich sie eigentlich war. Sie war zu klug, um ihre vulgäre Ausdrucksweise ernst zu meinen. Sie versteckte sich dahinter. Jedoch, Verletzungen hin, schlechte Erfahrung her – das war kein Grund, drei Männer auf diese grausame Weise zu töten. Warum also?

Ich musste plötzlich an die Begegnung in Buchfart denken. „Sind Sie sich eigentlich im Klaren darüber, dass Sie nicht nur drei Menschenleben ausgelöscht und das Ihre zerstört haben, sondern auch einer weiteren, völlig unbeteiligten Person schweren Schaden zugefügt haben?“

Überrascht blickte sie auf. Ihre Frage klang verunsichert. „Wem?“

„Ihr perfides Täuschungsmanöver brachte einen Mann in Verdacht, den Förster Zeisig, der als möglicher Täter in einer Zeitung denunziert wurde. Es war ihm keine Tat oder Beteiligung an diesen Morden nachzuweisen, aber weil wir Ihnen zu dem Zeitpunkt noch nicht auf die Spur gekommen waren, blieb der Verdacht natürlich irgendwie an ihm hängen. Wo Rauch ist, ist auch Feuer, munkelte man. Er hat diesen Verdacht nicht ausräumen können – mit fatalen Folgen. Er hat seinen Beruf als Revierförster aufgegeben und ist weggezogen, hoch an die Küste, wo ihn niemand kannte und keiner den Zeitungsartikel gelesen hatte. Seine Ehe ist daran zerbrochen.“

„Was kann ich dafür?“, erwiderte sie hartherzig. Aber ich sah ihr an, dass sie meine Schilderung nicht gänzlich unberührt ließ. Und gleich darauf sagte sie leise: „Das tut mir leid.“

Was ging in dieser Frau wirklich vor? Was hatte sie getrieben, ein solches Verbrechen zu begehen? Dieses alberne Spiel mit dem Schraps und die anschließenden Vergnügungen, an denen sie mit einer gewissen Lust teilhatte, konnten doch nicht diese präzise vorbereitete und mit grausamem Hass ausgeführte Tat erklären.

Astrid schob mir einen Zettel zu, auf dem stand: „Der Film?“ War es das? Grauwacke hatte ein einträgliches Nebengeschäft mit Erpressungen betrieben. Ich nickte Astrid mein Einverständnis zu und sprach Frau Graupner direkt an. Es war eher ein Bluff als eine gesicherte Erkenntnis. „Frau Graupner, es existiert ein Film. Auf dem sind Sie zu sehen, wenn auch nicht wirklich identifizierbar, sonst hätten wir Sie viel früher gefunden. In diesem Film wird nicht mehr Schraps hat den Hut verloren gespielt. Kennen Sie diesen Film?"

Mit der Frage hatte sie nicht gerechnet. Ihre Lippen wurden schmal, ihr Gesichtsausdruck verfinsterte sich. Da war nichts mehr von gespielter Lässigkeit. Sie antwortete nicht.

„Frau Graupner", wiederholte ich meine Frage. „Kennen Sie den Film?" Und da sie noch immer schwieg, stellte ich fest: „Sie kennen den Film."

Es dauerte eine Weile, bis sie sich aus ihrer Erstarrung löste. Und dann sagte sie in einem Ton, den wir bisher von ihr nicht gehört hatten, fast wie ein zu Unrecht gescholtenes Kind: „Diese Schweine! Ich weiß nicht, wer es war. Das spielte auch keine Rolle mehr. Einer von den dreien, zwei oder alle drei. Die CD lag eines Tages in meinem Briefkasten, dazu ein mit Computer geschriebener Brief. 300 Euro, oder du findest dich im Netz wieder." Sie lachte bitter und fand zu ihrer alten Stimme zurück. „Wissen Sie, das eine ist das eine und das andere ist das andere. Ich meine die Sache mit dem Schraps und so. Aber von dem Film wusste ich während unserer Treffen nichts. Ich hatte ja die Augen verbunden, bevor es zur Sache ging. Konnten sie es nicht dabei belassen, ihr bisschen letzten Altmännersamen zu verspritzen? Ich weiß nicht, ob mich jemand auf dem Film erkennen kann. Das ist auch unerheblich. Ich, ich habe mich erkannt. Das mit dem Geld kam nur – wie sagt man in Ihren Kreisen? – strafverschärfend hinzu. Es war demütigend. Einfach nur demütigend. Ich habe mich plötzlich vor mir selbst geekelt. Und dann...", aber sie vollendete den Satz nicht, sondern winkte nur ab.

„Was dann?", wollte ich wissen.

Sie hatte gehört, wie die drei Männer über sie sprachen, als sie sich unbeobachtet glaubten. Sie weigerte sich aber, den Inhalt des Gesprächs zu wiederholen. Sie sagte nur: „Die Schweine."

Sie hatte sich das Zyankali besorgt und es in einem unbeobachteten Moment in eine Likörflasche getan. Bevor die Schrapsrunde ganz zu Ende ging, füllte sie aus der präparierten Flasche nach. Als sie sah, welche Wirkung sie damit erzielte, goss sie auch in ihr Glas etwas von dem Mandellikör hinein, den sie aber gleich wieder in die Flasche zurückschüttete. Nein, sie wollte sich nicht umbringen. Es sollte nur so aussehen, als wäre auch sie ein Opfer des Anschlags geworden und durch eine weitere Person, die nicht zu der Runde gehörte, weggebracht worden. Dann hatte sie das Licht ausgeschaltet, das Haus abgeschlossen und den Schlüssel an die mit der Frau vom Forstamt vereinbarte Stelle gelegt. Es war alles getan. Nie, nie würde sie wieder jemand so demütigen können. Nie! Oder sollte sie darauf hoffen, dass der Erpresser seine Drohung nicht wahrmachte, selbst wenn sie ihm das Geld gezahlt hätte?

„Wo haben Sie eigentlich den Likör gekauft?", wollte ich wissen.

„In der Wielandstraße. Der Verkäufer kannte mich nicht. Ich habe gesagt, der Herr Apotheker schickt mich. Er dachte wohl, ich sei Frau Schildheim."

Das erklärte, wie die zweite Flasche ins Forsthaus gekommen war.

Mir fiel ein, dass wir Frau Graupner zu Hause um eine Zeit angetroffen hatten, in der die Lehrerin hätte in der Schule sein müssen.

„Ich bin an dem Montag danach zu meinem Hausarzt gegangen. Der hat mich sofort krankgeschrieben. Burnout. Da musste ich als Lehrerin nicht viel erklären. Ich gehe nicht mehr hin. In die Schule, meine ich."

Nun hatten wir das Geständnis und das Motiv. Ich ertappte mich bei dem Gedanken, dass ich die Wut der Frau – oder sollte ich besser sagen Verzweiflung? – irgendwie nachempfinden konnte. Das entschuldigte nichts, schon gar nicht ein solches Verbrechen, aber es erklärte es. Irgendwie. Ich glaube, Astrid hat das ähnlich empfunden.

„Mit welchem Auto sind Sie denn weggefahren vom Forsthaus? Ihres hatten Sie doch drei Tage vorher als gestohlen gemeldet?"

„Mit meinem, beziehungsweise dem meines Vaters. Der lebt in Schwerin und hatte mir sein Auto zeitweise überlassen", erklärte sie. „Das gehörte zum Plan. Ich hatte das Auto an einer anderen Stelle geparkt als an der, wo es sonst immer stand."

„Und wo ist der Polo jetzt?"

Sie zuckte mit den Schultern. „Ich habe ihn eine Woche später verkauft. Polen? Russland? Ich weiß es nicht."

Ich rief einen Kollegen herbei. „Frau Graupner, ich erkläre Sie für verhaftet. Sie werden beschuldigt, drei Menschen ermordet zu haben. Morgen früh werden Sie dem Haftrichter vorgeführt."

Ohne Widerstand erhob sie sich und folgte dem Beamten. Als sie den Raum verließ, drehte sie sich noch einmal nach uns um und zeigte uns demonstrativ ihr Feuermal, als hätten wir sie deswegen verspottet. Ich hatte aber das ungewisse Gefühl, dass diese Demonstration gegen sie selbst gerichtet war. Hasste sie sich mehr als diejenigen, die sie wegen des Feuermals anstarrten und verspotteten?

„Nein", sagte Astrid, als hätte ich ihr eine Frage gestellt. „Für Mord gibt es keine Entschuldigung."

„Irgendwann ist einmal zu viel“, sagte ich nachdenklich. „Sie hat es nicht mehr ertragen, ein Leben lang verhöhnt zu werden. Aber noch schlimmer muss für sie gewesen sein, mit welcher Verachtung die drei Männer hinter ihrem Rücken von ihr geredet haben. Der Erpressungsversuch von Grauwacke war der letzte Tropfen, der das Fass zum Überlaufen brachte. Sie hat es einfach nicht mehr ertragen.“

Als ich an diesem Abend nach Hause kam, sah mir meine Frau an, dass ich in keiner besonders guten Verfassung war. Sie fragte nichts, sie sagte nichts. Sie war nur auf ihre besondere Art rücksichtsvoll und wusste, dass ich früher oder später reden würde. Lilli hat sehr feine Antennen.

Nach dem Abendessen brachte sie die Kinder zu Bett und las ihnen eine Geschichte vor. Sie erlaubte den beiden noch, einen Märchenfilm auf ihrem Tablet anzusehen. „Aber dann ist Schluss!“

Ich war dabei, das Geschirr in die Maschine zu räumen. Die mechanische Beschäftigung lenkte mich ab. Lilli wusste das und ließ mich gewähren.

Als ich ins Wohnzimmer kam, nahm sie zwei Gläser und eine Flasche Rotwein aus dem Schrank. „Was hältst du davon, wenn wir uns auf die Terrasse setzen?“

„Im November?“

„Das ist kein richtiger November", erklärte sie. „Wir könnten die Feuerschale in Betrieb nehmen und uns auf der Hollywoodschaukel in eine warme Decke hüllen."

Ich gab ihr einen Kuss auf die Wange. „Bist eine tolle Frau, Lilli. So machen wir das."

November geht wirklich anders. Der Himmel war fast wolkenlos. Ich blickte nach oben. Mir fiel wieder mal ein Zitat aus Vaters unerschöpflichen Zettelkasten ein. „Man konnte, wenn man keinen Helm aufhatte, die Sterne der Heimat sehen."

Lilli lachte. „Allmählich kann ich dir bei deinen Sprüchen soufflieren. Brecht. Stimmt's, Zitaterich?"

Ich gab mich geschlagen, hob den Blick erneut und flötete schmachtend: „Siehst du den Mond über Soho?" Worauf sie erwiderte: „Ja, ich sehe ihn, Lieber."

Da mussten wir beide herzhaft lachen und der graue Film auf meinem Gemüt wehte davon. Plötzlich knarrte die Gartentür. Lilli sah auf die Uhr. „Um diese Zeit? Wer kann das sein? Und wolltest du nicht schon lange mal die Tür ölen?"

„Wollte ich nie. Das erspart uns eine Alarmanlage." Ich stand auf und ging ums Haus. Elke und Gregor standen vor der Tür und wollten gerade klingeln.

„Entschuldigung", erklärte Elke, „aber du bist nicht ans Telefon gegangen."

„Wir sitzen auf der Terrasse. Da habe ich wohl nichts gehört. Was treibt euch denn um diese Zeit noch durch die Kante?"

Statt zu antworten, fragte Elke: „Können wir reinkommen?"

Das klang nicht gut. Wir gingen ums Haus. Lilli hatte schon gehört, wer gekommen war. „Dann gehen wir aber lieber ins Wohnzimmer", schlug sie vor. Auch sie hatte eine Ahnung, dass das kein zufälliger Besuch war. Als wir im Zimmer waren, nahm sie noch zwei weitere Gläser aus dem Schrank.

Ich bot unseren Gästen Platz an. „Worum geht es denn? Privat oder dienstlich?"

Elke legte einen aus einem Notizblock abgerissenen Zettel in einer Klarsichtfolie auf den Tisch. Ich nahm ihn auf und las: „Mehr war nicht drin." Die Schrift kannte ich nicht. „Von wem ist das und was soll das bedeuten?"

„Frau Graupner war darauf vorbereitet, ja, vielleicht hat sie sogar darauf gewartet, dass wir sie früher oder später entdecken", erklärte Elke.

„Es war eine kleine metallene, gut verschließbare Hülse. Vermutlich in ihrer Zahncreme versteckt", setzte Gregor fort.

„Die muss sie schon länger besessen haben, wie der Zustand der Hülse erkennen lässt." Elke hob die Schultern und ließ sie wieder sinken. „Damit konnte niemand rechnen."

Ich begriff, was mir die beiden etwas umständlich verwoben sagen wollten. Wir schwiegen betroffen. Schließlich sagte ich: „Ich glaube, sie hat zu Ende gebracht, wozu sie damals im Forsthaus keinen Mut gehabt hatte. Seltsamer Abschiedsbrief. Mehr war nicht drin."

Lilli legte mir die Hand auf den Arm. „Ihr müsst euch keine Vorwürfe machen." Ein müdes Lächeln war meine Antwort. Nein, mussten wir nicht. Machte ich mir dennoch. Was hätte ich getan, wenn mir diese Frau früher begegnet wäre? Hätte ich ihre Verzweiflung bemerkt? Hätte ich vielleicht nicht auch dieses böse Wort gedacht? Feuerfresse. Ein Leben lang begafft, von manchem verspottet, von vielen gemieden. Kinder können grausam sein, Erwachsene brutal. Hätte eine Laserbehandlung etwas gebracht? Wahrscheinlich wäre es dazu schon zu spät gewesen.

Elke und Gregor erhoben sich. „Wir sehen uns morgen."

„Wissen Hans und Astrid Bescheid?", fragte ich.

„Ja", antwortete Elke. „War vielleicht ganz gut, dass du dein Telefon nicht gehört hast. Ich weiß gar nicht, wie ich es dir gesagt hätte, ohne dir dabei in die Augen sehen zu können." Was sonst nie geschah – Elke nahm mich in die Arme. „Bis morsche, Chef."

Ich erwiderte die Umarmung. „Bis morgen."